これって契約婚でしたよね!?

クールな外交官に一途に溺愛されてます

★

ルネッタ🄻ブックス

CONTENTS

1、ニューヨークの契約　5
2、運命の出会い Side 航希　65
3、契約妻の憂鬱　84
4、契約妻観察日記 Side 航希　147
5、一緒に帰ろう　188
6、お披露目パーティー　229
7、夕日に溶ける Side 航希　250
8、最後の契約　262
【番外編】小さなライバル Side 航希　277

Lunetta

1、ニューヨークの契約

ブルックリン・ブリッジはニューヨークで有名な写真撮影スポットだ。マンハッタンとブルックリンを結ぶゴシック風の吊《つ》り橋は、日本人も多く訪れる観光名所の一つとなっている。

今年もあと二日で終わり。冬のシンと冷えた空気の中、霧に浮かぶマンハッタンのビル群を背に、ぴったりと寄り添いスマホをかざすカップルたち。薄曇りのどんよりとした天気だというのに笑顔がキラキラと輝いていて、今の私にはあまりにも眩《まぶ》しすぎた。

「私だって本当なら今頃は……」

――彼と並んでこの景色を眺《なが》めていたはずだったのに。

いや、そう思っていたのは私だけだ。彼ははなからここに来るつもりはなかったし、それどころか結婚も考えてはいなかったのだから。

彼からの唯一のプレゼント、小花模様のワンピースは着てこなかった。やはり私は地味なパンツスーツがお似合いなのだ。

エンピツみたいにひょろっとした高身長に一つ結びの黒髪ロングヘアーと黒縁メガネ。学生時代に同級生から『エンピツ地味子』と揶揄《からか》われていた私は、二十七歳になった今も何一つ変わってはいなかった。

『美緒《みお》さんはそのままでも可愛《かわい》いけれど、次のデートでこの服を着てもらえたら嬉《うれ》しいな』

はじめてのデートで映画の帰りにブティックに寄って、彼がワンピースを買ってくれた。それを手渡しながらさらりと次に会う約束をしてくれたのが嬉しくて、男性慣れしていない私はあっという間にのぼせ上がってしまったのだ。

「——詐欺師だったとも知らないで、馬鹿《ばか》みたい」

肩を落としてため息をつく。はじめての海外旅行、憧れのニューヨークにいるというのに気分は沈む一方。しょんぼりしながら橋の反対側へと歩いていたら、前方で不審な動きをしている人物が目に留まった。黒髪に高身長、黒いコート姿で片手にブリーフケースを持った男性が橋の真ん中あたりで手すりから身を乗り出している。

——じっ、自殺⁉

私は慌てて駆け寄ると、後ろから男性の引き締まった腰にしがみつく。

『早まっちゃ駄目《だめ》です！　生きていればそのうち絶対にいいことがありますから！』

得意の英語で叫《さけ》びつつ、無我夢中で力任せに引っ張った。

「うわっ！」

「きゃっ！」

勢いあまって男性もろとも地面に尻もちをつく。ブリーフケースが地面を叩《たた》き、長身の身体が私の上にのしかかる。

――痛っ！　でもスカートじゃなくてパンツスーツでよかった！

しかし今はそれどころではない、目の前の命を救うことが先決だ。私は彼の腰を抱きしめたまま、もう一度英語で語りかけた。

『自殺なんて絶対に駄目！　私なんか結婚詐欺に遭ってもこうして元気に生きているんですから！』

男性が私の手をほどいて身体を起こす。地面に腰を下ろして後ろ手をつくと、ゆっくりこちらを振り返った。

「……自殺？　誰が」

「たった今！　あなた、飛び降りようとしてましたよね！」

「いや、俺は飛び降りようとも自殺しようともしていないんだが」

――ひえっ、怒っていらっしゃる！　……って、あれっ？

低い声で睨《にら》まれたところでふと気づく。目の前にいる男性は、キリッとした目元に鼻筋の通った美丈夫だ。年齢は私より少し上くらいだろうか、艶《つや》のある黒髪をワックスで撫《な》でつけてあり、生地のよさそうなスーツにこれまた高級そうなコートを身に纏《まと》っている。そして話す言葉は……。

――日本語!?

「もしかして、あなた日本人ですか!?」

容姿といい日本語といい、きっとそうに違いない。日本人がこんなところで自殺だなんて……と驚いていると、先方も「君、日本人なのか……」と目を見開いた。

「あれっ、自殺じゃ、ない？」

「違う。俺はここで手紙を読んでいただけだ」

どうやら私の大いなる勘違いだったようで、彼は風に飛ばされた手紙に手を伸ばしていたところだったという。

「まあ、君に勢いよくタックルされたせいで掴《つか》み損ねたんだがな」

彼が目線をよこした先にはイースト川が流れている。読んでいたという大切な手紙は、今頃きっと形も残っていないだろう。

「ごっ、ごめんなさい！　自分が傷心旅行中だったものだから、ついあなたも同じだと思いこんで……」

「傷心旅行中？　そういえば君、結婚詐欺がどうとか言っていたな」

「あっ、はい。なので勘違いしてしまって、本当にごめんなさい。恥ずかしい」

「結婚詐欺で傷心旅行……」

申し訳なさに身を縮めていると、彼が一足先に腰を上げ、私に右手を差し出してきた。その手を握るとグイと引っ張り上げられて向かい合う。

――あっ、背が高い。

身長百七十センチの私が見上げる高さ。たぶん百八十センチ以上あるだろう。彼は周囲に向かって『お騒がせしました、ちょっとした勘違いです』と笑顔を振りまいてみせた。それを合図に遠巻きに見ていた輪が崩れ、次々とその場を離れていく。最後の一人が去るのを待って、彼がこちらに顔を戻す。私を上から下までズイと見て、最後にニコリと微笑《ほほえ》みかけた。

「失礼しました。どこにも怪我《けが》はなかったかな」

さっきまでの仏頂面《ぶっちょうづら》とは打って変わって愛想がいい。気のせいか口調まで丁寧になっている。

「はい、大丈夫です。あなたこそ大丈夫でしたか？　私、思いきり後ろから引っ張っちゃったから……って、カバンが！」

見れば彼が持っている黒いブリーフケースに細かい傷がついている。美しいフォルムと重厚感、これは本革じゃないだろうか。全身からサーッと血の気が引いていく。

「べっ、弁償を……っ」

しかしそれには触れることなく、彼はまったく違う話題を振ってきた。

「……綺麗《きれい》な英語だけどアメリカ在住？　旅行中ということはニューヨーク住みではないんだよね」

「日本から来たただの旅行者です。子供のときに外国映画に興味を持って、字幕なしで観るために英語とフランス語を独学で覚えたんです。大学では外国語学部でした」

「なるほど。同行者はいないのかな。滞在期間は？　ああ、俺は亘《わたり》といいます。君の名前は？　学生……ではないみたいだけど」

どうしてこんな質問をするのか知らないが、彼の表情と声には有無を言わせぬ圧がある。

――これは身元確認のうえ、クリーニング代とカバンの代金を請求される……とか？

早とちりした私に責任があるのでそれも致し方ない。いくら人命救助のためだったとはいえ、すべては勘違いだったのだ。なので彼……亘さんが繰り出す質問に、「七瀬《なせ》美緒、二十七歳です。今回は四泊六日でニューヨーク観光に来ていて……」と、聞かれるまま次々と答えていった。

「そうか……」

亘さんは顎に手を添え考えていたが、何かいいことでもあったのか片方の口角を微《かす》かに上げる。

「ちょっと付き合ってもらえないかな。話をしたいんだ」

「えっ⁉　は、はい、わかりました」

――ああっ、旅先で自殺者を救うどころか怒りを買って賠償請求されるだなんて！

とりあえず脳内で手持ちのドルを数えてみる。旅行二日目にして財布の中身が空っぽになったらどうしよう。

「あの、失礼ですが、そのおカバンは、おいくらほどの品で……」

彼はチラリとブリーフケースに目をやって、「ああ、十二万くらいだったかな」とさらりと言ってのける。

――終わった！

「ひとまずランチでも一緒にどうかな。相談したいことがあるし」

顔色を変えた私に向かって亘さんは爽《さわ》やかに微笑んでみせた。


「――さあ、好きなものを頼んで」

連れてこられたのはマンハッタンのパークアヴェニュー沿いにある洒落《しゃれ》たカフェ。彼は戦々恐々としている私に向かい、ニコニコしながらメニューを開く。

「ここはエスプレッソとパニーニが人気なんだ。女性ならカプチーノがいいのかな」

「そ、そうですか。それでは私はカプチーノを……」

「パニーニの種類も豊富だよ。おすすめはチーズとトマト。バジルの風味が効いていてかなり美味《おい》しい。バジルは大丈夫？」

「はい。そっ、それをお願いします」

「ハハッ、さっきから『それ』ばかりだね。緊張しなくていいのに」

身を硬くしている私とは反対に、亘さんはくつろいだ様子。上機嫌なのが逆に不気味だ。

彼がウエイトレスに二人分のオーダーをするのを待ってから、私は膝に手を置き姿勢を正す。

「あの、賠償金はおいくらになるんでしょうか」

恐る恐る質問した途端、亘さんが「は？」と呆気《あっけ》にとられた顔をする。

「賠償金とは？」

「だから、洋服のクリーニング代とか、カバンの弁償とか、恥をかかせた落とし前とか、そういう諸々《もろもろ》の損害賠償？　……的な？　だってその話をするためにここに来たんですよね？」

「ふはっ、落とし前って」

彼は小さく噴《ふ》き出してから、顔を左右に振ってみせた。

「いやいや、請求なんてしないよ。俺のブリーフケースなんて年季が入った使い古しだし。第一、俺が倒れたのは君の上だ。被害というなら君のコートのほうが汚れているじゃないか」

亘さんは私の椅子《いす》の背もたれにかかっているベージュのロングコートをチラリと見やる。たしかに私のコートは背中からお尻のあたりにかけて埃《ほこり》と土で薄汚れている。しかしこれは自業自得なので仕方がないと思う。

――損害賠償じゃないとしたら、どうして私とこんなところに?

「だったら、さっき言っていた相談したいことって、なんなんでしょう」

「ああ、それは……」

ちょうどオーダーの品が運ばれてきて会話が中断される。ウエイトレスが去るのを待って、彼が「どうぞ」と手のひらでテーブルの料理を差し示したため、そのまま食事が始まった。

「あっ、美味しい!」

ほどよくトーストされたパニーニはかぶりつくとサクッと軽い音がする。中のチーズはトロトロで、モッツァレラチーズ特有のミルキーな風味にバジルがいいアクセントになっている。

続けてカプチーノが入ったカップに手を伸ばすとフォームドミルクがふるりと揺れる。飲む前から香ばしい匂いがしていたが、一口啜《すす》ると芳醇《ほうじゅん》な香りが口いっぱいに広がった。またしても「美味しい!」と声が出る。語彙力《ごいりょく》がないのは許してほしい。

「私の人生で一番美味しいパニーニとカプチーノです!」

さすがおすすめと言うだけあって両方とも絶品だ。心も身体も徐々に温まり、さっきまでの緊張がほどけていく。口元を緩めながら食事を続ける。

彼はそんな私に目を細め、無糖のエスプレッソを口にする。カップをソーサーに置くとテーブルの上で両手の指を組んだ。

「俺は亘航希《こうき》、三十一歳、外務省勤務。現在はニューヨーク総領事館で働いている」

――外務省……ニューヨーク総領事館？

「あの、それってまさか」

「外交官だ」

「が、外交官……っ⁉」

カップをソーサーに置くと、ガチャンと大きな音がした。カプチーノが大きく波立ちこぼれ出て、ソーサーに茶色い液だまりを作る。

――外交官って、それじゃあこの人も……。

温《ぬる》んだ心が一気に冷えて、代わりに怒りが湧いてきた。最近の詐欺師は外交官を騙《かた》るのが流《は》行《や》りなのだろうか。しかしおあいにくさま、私はすでに学習済みだ。

「残念ですね、私、もう、結婚詐欺には引っかかりませんから！」

いくら男性経験の少ない私でも、こんな短期間に同じ手口で騙《だま》されたりしない。語気を強めて言い放ち、目の前の彼をキッと睨みつけた。

「……そうか、君を騙したヤツは外交官を名乗っていたのか」

亘さんは足元のブリーフケースから手帳のようなものを取り出した。

「俺のパスポートだ。それを見て詐欺かどうかを確認してくれ」

手渡されたそれは一見するとパスポートのようだが表紙の色が濃茶色だ。どう見ても怪しい。

「こんな色のパスポート、見たことないですけど」

「外交旅券だ。表紙にそう書いてあるだろう」

たしかに表紙には『DIPLOMATIC PASSPORT』と表記されている。けれど今まで見たことがないのでこれが本物なのかがわからない。

うーんと難しい顔をしていたら彼が大きくため息をついて、今度はスーツの内ポケットから黒革の財布を取り出してきた。テーブルのコーヒーカップや皿を横にどけ、空いたスペースに財布の中身を置いていく。

日本とアメリカそれぞれの運転免許証と外務省の身分証明書。三枚のカードがトランプみたいに並んだところで、彼はさらに名刺入れから名刺を一枚取り出し、私の前に差し出した。

受け取ったそれには彼の名前や連絡先が載っており、外務省の標章と共に『在ニューヨーク日本国総領事館』、『一等書記官』という文字が印刷されている。

「スマホでニューヨーク総領事館を検索して、そこに電話をかけてみてくれ」

言われるままにスマホをタップすると音声案内に繋《つな》がった。日本語でのガイダンスに沿って彼の告げた数字を打ち込んでいくと、最後に男性の声で応答がある。どうしたものかと思っていたら、ひょいとスマホを取り上げられた。

「田口《たぐち》か、俺だ、亘だ。仕事中に悪いんだが、今から喋《しゃべ》る相手に俺の身分を証明してくれないだろうか」

スマホを返され狼狽《うろた》える私に、相手の男性が戸惑い気味に話しかける。

『え～っとですね、私は在ニューヨーク日本国総領事館勤務、二等書記官の田口と申します。亘さんは一等書記官で私の先輩にあたります……これでわかりますか？』

「……はい、わかりました」

それ以外に言いようがなく、そそくさと亘さんにスマホを渡す。彼は田口さんと一言二言会話をしてから電話を切った。

「これで嘘《うそ》でも詐欺師でもないと信用してもらえただろうか」

彼は私にスマホを返し、財布にカードをしまっていく。

「……はい、勘違いしてすみませんでした」

ここまでされたら疑う余地はない。自分が被害に遭ったばかりだからといって、詐欺師だと決めつけたのは浅慮に過ぎた。今日は本当に失敗続きだ。

——でも、それじゃあ、ここまで私を連れてきた目的は？

賠償金の請求でも結婚詐欺でもないのなら、どうしてこんなことをするのかという疑問が残る。

「あなたが外交官なのはわかりました。だったら一等書記官の亘さんが相談したいことってなんですか？」

私が改めて身構えると、亘さんは少し間を置いてから口を開いた。

「そうだな……まずは君の事情を聞かせてくれないか？　傷心旅行をするに至った理由と結婚詐欺のことを」

——あっ、なるほど。

そうかわかった。彼は外交官として傷心旅行中の私を心配してくれているのだ。

「私、自殺なんてしないし大丈夫ですよ」

「いや、それだけでもないんだが……」

——さすが国の代表。外交官は日本人旅行者のことまで気にしないといけないのか、大変だな。

勘違いとはいえ最初にちょっかいをかけたのは私のほうだ。彼がここまで身分を明かした以上、私のほうもちゃんと話をすべきだろう。

私は覚悟を決めるとアメリカに来るまでの経緯《いきさつ》を語って聞かせた。

＊　＊　＊

ことの発端は三ヶ月ほど前、母からかかってきた電話だった。

都内のアパートで一人暮らしをしていた私に、なんと婚活パーティーに参加するよう言ってきたのだ。しかもすでに私の名前で申し込み済みだという。

『今週土曜日だからね、おめかしして行くのよ』

「ちょっと、そんな急に！」

『急じゃないわよ、お見合いしろって言っても美緒が帰ってこないんじゃないの。美紀《みき》がよさそうなパーティーを探して申し込んでくれたんだから、ドタキャンはなしだからね』

――ええっ、そんな勝手な。

埼玉《さいたま》県郊外でリンゴ農園を営んでいる両親は保守的だ。母が父と結婚したのは二十二歳のとき。短大卒業後に保育士をしていたのだが、結婚翌年に私を妊娠したのを機にあっさり退職してしまったらしい。

私の地元において早い結婚は珍しいことではなく、むしろ推奨されているふしがある。

実際、私の二歳年下の妹、美紀も大学卒業後すぐに結婚しており、妊娠が先の『授かり婚』

だったにも拘《かか》わらず、相手が地元の役場に就職予定の三男坊で婿養子に入ってくれるというだけで大歓迎されていた。

今では美紀の夫の正吾《しょうご》くんは、役場勤めをしながら家の仕事も手伝ってくれている。つまり亡くなった祖父母から引き継いだ土地と農園を、私以外の家族総出で守っているというわけだ。

『三十近くになって彼氏の一人もいないなんて、あなたまさか、一生独身でいるつもり？　それじゃあ老後が寂しいわよ』

母の言葉に『それでもいいと思っている』……とは口に出せなかった。

小さい頃からひょろっとしていて背が高かった私は、男子から『巨人』とか『エンピツ地味子』などと揶揄われていたことから男性に苦手意識を持っていた。

おまけに大学時代に告白されて付き合ったはじめての恋人からは、私のほうが背が高く彼より成績がいいのを理由に、あっという間に振られてしまう。

たしかに私は女性にしては背が高いけれど、それは告白する前にわかりきっていたことだ。そんな理由で振るくらいなら最初から告白しないでほしかった……とは思ったものの、きっと本当はそれ以外にも理由があったのだろう。私が田舎者で地味だとか、退屈で面白みがないだとか。

そして私のほうもきっとあれは恋じゃなかったのだ。周囲の雰囲気《ふんいき》にあてられて、人並みの恋愛というものをしてみたかっただけで。その証拠に振られてほっとしている自分がいた。

結婚に憧れはあるにはあるが、どうしてもしたいというほどでもない。今どき三十過ぎてからの結婚は珍しくないし、一人でいることに不都合も感じない。

――それに私は二十七歳だし、三十近くといったってまだ三年もあるし……。

それでも母に悪気はないのだ。たぶん、妹夫婦の同居をきっかけに実家を出て一人暮らしを始めた私を不憫《ふびん》に思っているのだろう。家から追い出してしまったように感じているのかもしれない。

今では私は東京《とうきょう》都内に住み、外資系企業の総務課で英語を活かした仕事ができている。長女の私がこうして自由にできているのは、妹夫婦が農園を継いでくれるからだ。感謝こそすれ文句などない。老後のために株式投資もしてせっせとお金を貯めているので、妹夫婦や姪っ子に迷惑をかけることもないと思う。

けれど母の目には『いまだに独り身の可哀想《かわいそう》な娘』として映っているらしく、妹と一緒になって私の相手探しに躍起になっている。見合いを勧めても実家に帰らず逃げ続けている私に痺《しび》れを切らし、とうとう強硬手段に出てきたのだろう。

私自身も両親の期待に応えられないという負い目がある。すでに二歳の娘までいて、夫と共に家業を手伝っている妹と我が身を比較しては、自分が劣《おと》っているような気持ちになって。

だからここまでされては無下《むげ》に断ることもできなくて……。

「……わかった、土曜日ね」

こうして私は気乗りしないまま、人生初の婚活パーティーに挑むことになったのだった。


秋も深まる九月下旬、老舗《しにせ》ホテルのバンケットルームでは、名札を胸につけた参加者が右に左に移動して積極的に自己アピールを繰り広げていた。

多くの男性は自分よりも背の低い女性を好む傾向にある。予想していたことだが身長百七十センチの私は明らかに浮いており、声をかけてくる男性もいない。

勢いに乗れずに大きな窓ガラスからぼんやりと中庭を眺めていたら、そこに話しかけてくれたのが武藤《むとう》一郎《いちろう》さん三十歳。私と同じくらいの身長で中肉中背の彼は、あっさりした顔立ちで少し垂れ目の優しい雰囲気の人だった。なんと彼は外交官だと言う。

私はといえば唯一パーティーに着ていけそうだった紺色のワンピースに黒のフラットシューズ。バレッタでまとめた黒髪とメガネという地味な容姿。趣味を聞かれて「読書と映画鑑賞です」と答えるのが精一杯な壁の花ならぬ壁際《かべぎわ》のぺんぺん草に、彼は根気よく話しかけてくれた。

「僕はあなたのように真面目で優しそうな女性を探していたんです。カードに僕の名前を書いてくれると嬉しいんですが」

世界を股にかけて活躍している外交官が、どうして私を選んでくれたのかが不思議だったが、意外にもカップル成立となったのだった。

一郎さんに最初のデートで結婚前提の交際を申し込まれ、その誠実さに好感を持った。

何かと自分を卑下《ひげ》する私に「美緒さんはそのままでいいんだよ」、「君は真面目で素敵《すてき》な女性だ」と嬉しい言葉をかけてくれ、女性としての自信を持たせてくれて。

多忙な彼とはたまにしか会えなかったけれど、連絡はマメにくれたし愛の言葉も惜しみなくかけてくれた。

恥ずかしながら二十七歳でファーストキスをしたときには「真面目で一途な証拠だね」などと褒《ほ》められて、彼は私の理解者なのだと感動したものだ。アパートに来ても手を出さないのは私を大事にしてくれているからだと思っていた。

「外交政策の起案で忙しいけれど、落ち着いたらご両親に挨拶《あいさつ》に行くよ」、「そのうち僕の親にも会ってほしい」とデートの帰りに微笑まれ、交際三ヶ月でとうとう「新居用に共同でマンションを買おうよ」と提案されて。

だから私は年甲斐《としがい》もなく舞い上がり、同僚と恋バナなどという浮かれたことまでしてしまったのだ。

「――それじゃあ七瀬さん、いよいよ結婚ですね！」

「ええ、まずは新居の下見に行こうって言われていて。外交官という仕事柄、霞ケ関《かすみがせき》の近くになると思う」

「七瀬くんもとうとう寿退社か、まあ女性は三十になる前に結婚したほうが賢明だと思うよ」

「部長～、それはセクハラですよ！　それに七瀬さんはまだ二十七歳ですし」

「おっ、これは悪かったね」

「いえいえ、大丈夫です」

少し前なら若干イラッとくるような会話でも、今なら笑って許せてしまう……と、そのときの私は思っていた。


そしてあれは二週間前の土曜日。一人で映画を観に行った私は、その映画館で一郎さんと遭遇した。上映が終わって明かりのついた館内で、なんと彼が見知らぬ女性と腕を組んで階段を下りてきたのだ。

「一郎さん！」

仕事が忙しいと言っていた彼がそこにいた時点で気づくべきだった。しかし鈍い私は何一つ疑っておらず、隣にいるのは姉か妹なのだろうと考えた。

慌てて駆け寄り「はじめまして、私は一郎さんとお付き合いさせていただいております……」と話しかけたところで、目の前の女性がこちらに胡乱《うろん》な目を向ける。

「お付き合い？　彼と付き合っているのは私なんですけど」

彼女は隣の彼を見上げ、「ねえ、一郎ってどういうこと？　この女性はジローさんの知り合いなの⁉」と声を荒らげる。

——ジロー？

「一郎さん、どういうことですか？　この女性は一体……」

驚く私から彼はふいっと視線を逸《そ》らし、「人違いです」と言い残し脱兎《だっと》のごとく駆け出して行った。残された女性と顔を見合わせ状況整理をした結果、彼女もほかの婚活パーティーで一郎さんと知り合ったのだという。もっとも彼女には『次郎』と名乗っていたようだけれど。もしかしたら『三郎』、『四郎』、『五郎』までいたのかもしれない。

バッグからスマホを取り出し彼の名前をタップしたが、その番号に繋がることは二度となかった。電話もメールもブロックされたことで、ようやく結婚詐欺の可能性に思い至る。

そういえば、空港から直行してきたから財布にはドルしかないとか、忙しいから財布を忘れたとか、そのたびにタクシー代や食事代、数万円の現金を渡していた。この前マンションの話になったときには「僕は外務省の職員だから安く購入できるんだ。君は頭金だけ負担してくれればいいよ。お金を僕に預けてくれたら手続きを進めておく」だなんて言っていた。

結婚するのだからと気にもしていなかったけれど、思い返せばちょこちょこと貸したお金が返ってきたためしがない。

――騙されたんだ……。

マンションの頭金を振り込んでいなかったのがさいわいだったが、大きな問題が残っていた。私の結婚を心待ちにしていた家族と、私が寿退社すると信じている同僚への説明だ。

いい歳をした女が未遂とはいえ結婚詐欺に引っかかっただなんて、恥ずかしくて情けなくて言えやしない。何より家族をガッカリさせたくなかったし、婚活パーティーを勧めた母と妹に罪の意識を持たせたくもなかった。

十二月ももうすぐ終わる。お正月に彼を実家に連れてこいと言われたらどう答えたものか。いつまでも黙っているわけにはいかない、でも言いたくない。

悩みに悩んで煮詰まった私は、ひとまず会社を休んで猶予期間を作ろうと考えた。

せっかくだから傷心旅行だ。行き先はニューヨークがいい。

以前から、アメリカ映画によく出てくるニューヨークの景色に憧れていた。一郎さんとも新婚旅行はここにしよう……などと語り合っていたものだ。

さいわい有休はたっぷり残っている。正月休みと合わせれば一週間くらいの休暇は取れるだろう。一郎さんに預けるはずだったマンションの頭金も今では浮いたお金となった。それを旅費にしてしまえ。

――うん、行こう、ニューヨークへ。

日常からいったん離れて自分をリセットしよう。そこでこれからどうすべきか、どうしたらいいのかを考えるのだ。

そうして私は『えいっ！』と清水《きよみず》の舞台から飛び降りて、一週間の現実逃避を試みた。これが結婚詐欺事件と傷心旅行出発の顛末《てんまつ》だ。

＊　＊　＊

「――私は大金を奪われなかっただけマシだったんだ、そのぶん自分のためにパーッと使ってやれ……って。そして日本に帰ったら皆に本当のことを話して、また老後のためにコツコツと貯金をする生活に戻ろうって、そう思ったんです」

その後は一生独り身で生きていくものと覚悟をしよう。ぺんぺん草らしく地味で質素で逞《たくま》しく……この旅行はそのための最後の贅沢《ぜいたく》だ。

「そういうわけで、橋の上から身を乗り出す亘さんを見て、あなたも同類で何か思い詰めているんだと勘違いしてしまって……」

――ううん、一人でいるのが寂しくて、心のどこかで傷心仲間を探していたのかもしれないな。

泡が消えた二杯目のカプチーノを見つめながらそう思う。ずっと独身でもいいと思っていたくせに、甘い囁《ささや》きや人肌の温かさを知ってしまって弱くなった。満たされていた心にぽっかりと空いた穴は大きくて、そこを吹き抜けるニューヨークの風が冷たくて……。

――挙げ句の果てにこの人を巻き込んじゃって、馬鹿みたい。

改めて「ごめんなさい」と頭を下げると、彼は「いや、問題ない」と控えめに微笑みかける。

「それにしても、一郎というヤツは最低だな。きっと一郎というのも本名じゃないんだろうが」

亘さんによると、外交官を騙る結婚詐欺師は珍しくないらしい。一般的には外交官という職業にはエリートで高収入というイメージがある。海外駐在やパーティーといった華やかな話題を餌《えさ》に、コロッと女性が騙されてしまうのだそうだ。

「仕事内容を詳しく聞かれたら『守秘義務』で誤魔化《ごまか》せるし、ほかの女性と会うときは『海外出張で忙しい』を言い訳にすれば疑われない」

「……まさしく私ですね」

幼い頃、テレビで観た外国映画の世界に魅了された。ロンドンの石畳やニューヨークのビル群、パリの美術館にミラノの大聖堂。遠い空の下、見知らぬ土地で繰り広げられるドラマに胸を躍らせた。ここに行けたらいいな……そう思いつつも海外に飛び出す勇気はなくて、憧ればかりが膨らんで。

しかし実際に行けなくても映画やドラマでその雰囲気に浸ることはできる。一人で映画館に行けるようになってからは外国映画を観に通い、台詞《せりふ》を字幕なしで理解したいと思ったのをきっかけに英語の勉強を始めた。

そこそこ大手の外資系企業に勤めることができたのも、長年にわたる英語学習の賜物《たまもの》だと自負している。

――そんなところに憧れの海外生活を散らつかされて、あっさり彼のことを盲信してしまって。

「亘さんの言うとおりです。外交官というだけで信用しきっていました。私なんかに声をかけてきた時点で疑うべきだったのに、本当にチョロすぎますよね」

恥ずかしいやら情けないやらでいたたまれない。うつむいて唇をギュッと噛《か》む。

「『私なんか』ということはないが……嫌なことを話させてしまって悪かったね。しかし君は被害者なんだ。相手に怒《いか》りこそすれ自分を責める必要はない」

「ありがとうございます。今まで誰にも話せなかったので、口に出したらちょっとスッキリしました」

――そうか、私は誰かに聞いてほしかったんだな。

会社の同僚にも家族にも、誰一人として打ち明けられる相手がいなくて。アメリカに逃げては来たものの、はじめての海外は心細くて寂しくて。そんなときに日本人に会って、戸惑いながらもほっとしている自分がいた。

出会ったばかりの彼にここまで語ってしまったのは、心のどこかで『誰かに打ち明けてしまいたい』と思っていたからにほかならない。一人で抱え込んでいた荷物を下ろして楽になりたかったのだ。

その証拠に、頭のてっぺんまで詰まっていた不安や悔しさや悲しみが、ほんの少しだけど軽くなったような気がする。

ほろ苦いカプチーノがジワリと心に沁《し》みて、思わず涙腺が緩んでしまう。私は目尻の雫《しずく》をこぼさぬように、大きく深呼吸しながら鼻を啜った。そのとき。

「だったら嘘を本当にしてしまえばいい」

「えっ？」

「俺と結婚しないか？」

「ええっ！」

唐突な言葉に思わず耳を疑った。これは冗談なのだろうか。そうだ冗談に違いない。外交官だってギャグの一つや二つを言いたいときもあるだろう。

「もっ、もう、揶揄《からか》わないでくださいよ。亘さんみたいなイケメンが言うとシャレになりませんからね」

「揶揄っていないしシャレでもない」

見つめる瞳があまりにも真剣だったから、私はヘラヘラ浮かべていた口元の笑みを急いで消した。亘さんはそれを見届けてから再び口を開く。

「さっきの君の質問だけど」

「質問？」

「君が『相談とは何か』と聞いてきただろう？」

そうだった。それを聞こうとしたら、まずは私の話をと言われたのだ。

「君に『相談』する前に、こちらの事情を説明させてほしい」

目力のある瞳で真っ直《す》ぐに見据えられる。私はテーブルに置いていた手を膝に置き、背筋を伸ばして聞く体勢を整えた。

「君はニューヨークに傷心旅行に来たんだったね。そして俺のことを同類と勘違いしたと言った」

「はい」

「君が言ったことは、あながち間違いではないんだ」

——えっ？

「じつは婚約直前だった相手に浮気されてね、さっき読んでいたのは彼女からの手紙だったんだ」

亘さんによると、彼はこのたび二年間のニューヨーク総領事館勤務を終え、年明けすぐの来週末に日本に帰国することが決まっているのだという。

半年前に仕事で一時帰国した際、上司の娘と見合いをした。帰国後に正式に結納を交わすことになっていたのだが、なんとその彼女がほかの男性の子を妊娠。上司から婚約の話はなかったことにと電話で告げられたそうだ。

「上司の娘さんとは以前から面識があって、向こうから請《こ》われての縁談だったんだが……そうなったからには仕方がない」

その彼女から手紙が届き、ブルックリン・ブリッジで読んでいたところ、いきなり私にタックルされて今に至る……ということだった。

——まさかお互い裏切られたもの同士だったなんて。

「それは、とてもつらかったでしょうね」

きっと亘さんは愛しい恋人との再会を心待ちにしていたのだろう。それが直前になって裏切られ、深く傷ついているのに違いない。だからあんな場所で手紙を眺め、一人で物思いに耽《ふけ》っていたのだ。

——なのにその大切な手紙を私のせいで失わせてしまって……。

「重《かさ》ね重《がさ》ね、本当にごめんなさい！」

彼の言葉が途切れたタイミングで頭を下げた。

テーブルすれすれまで額を近づけている私に、亘さんの穏やかな声が降ってくる。

「いや、あそこで君に出会えたのは天の配剤だと思っているんだ」

「天の……配剤？」

顔を上げた私に彼はうなずいてみせる。

「今回の縁談はなくなったが、帰国すれば他から新たな見合い話を持ち込まれるのは確実だ。実際父はそうすると言っている。しかし俺はそんな気になれなくてね」

——そうだよね、失恋したばかりでそんな気になれないよね。

始まりはお見合いだったとはいえ、一度は人生のパートナーと決めた相手。こちらが駄目になったから次はこっちと、そんな簡単に切り替えられるものじゃないだろう。

「今はとにかく仕事に集中したいし、恋愛なんて必要ないと思っている」

——なるほど、彼女を忘れるために仕事に邁進《まいしん》するというわけか。一途《いちず》な人なんだな。

「仕事柄、結婚していたほうが都合がいい。しかし、もうしがらみの多い縁談は懲《こ》り懲《ご》りなんだ」

亘さんいわく、外交官は人脈が物を言う仕事だそうで、少しでも多くのパーティーや会食に顔を出す必要があるらしい。女性同伴の席も多く、妻を伴っていけば場が和んで家族ぐるみの付き合いに発展する。そうして相手の懐《ふところ》に入っていくことも重要な手段なのだという。

「なるほど、仕事のためにはパートナーがいたほうがいいけれど、今はそんな気になれない……。つまり亘さんは愛する恋人に裏切られたショックで恋愛不信に陥《おちい》っていて、今は結婚を考えられる状態じゃないんですね。けれど周囲には結婚を急《せ》かされる。私も同じなのでわかります！」

「ショックで恋愛不信？　……ああ、そうそう。そんな感じなんだ。だから似たような境遇の君に運命を感じてね」

うん、わかる。立場や経緯は違うけれど、信じていた相手に裏切られるつらさは理解できる。

そして結婚へのプレッシャーも。

心に似たような傷を持つもの同士がこんな異国の地でまさかの遭遇。たしかに縁を感じずにはいられない。勝手に仲間意識を抱いてうんうんとうなずいていたら、

「まあ、運命の出会いがタックルだというのは驚いたけどね」

ニヤリと口の端を上げられて、首までカッと熱くなる。

「本当に、どうお詫《わ》びすればいいのか……」

「そこで相談だ」

――いよいよ来た！

唾をゴクリと飲み込んで「はい」と答えた私に、彼は低い声で改めて告げた。

「俺と結婚してほしい」

「いやいや、だから、どうしてそうなるんですか？」

冗談ではなかったのかと、思わず眉間にシワを寄せた。

「わからないのか？　君と俺とは似たような問題を抱えている。それを解決するために契約結婚をしようと言っているんだ」

「契約、結婚……？」

「ああ、しかも二年間のお試し期間付きだ」

亘さんの説明はこうだ。私たちはお互いに結婚の必要性に迫られている。彼は仕事のため、私は世間体のため。意に沿わない結婚を回避するには先に結婚してしまえばいい。

二年という縛りは彼の職業の特殊性によるものらしい。外交官は二年前後の短いスパンで大使館や総領事館などの在外公館と日本の本省を行ったり来たりするそうで、亘さんもその頃にまた異動の辞令が出るだろうということだった。

「そのときに契約を続行して一緒に海外についてくるか、離婚して契約を解消するかを決めてくれればいい。決定権は君にある」

「それでも、結婚したくないから結婚するって意味がわからないですよ」

「君は一生独身で生きていくって言ってただろう？　俺もその意見には賛成だ。しかし周囲がそれを許さない。だったら同じ考えを持つもの同士で結婚して、実際には独立した生活を送ればいいじゃないか。そうすれば親を満足させられるし、周囲からも結婚を急かされない。万事解決だ」

彼の言うことには一理ある。世間一般で言う『普通のライン』に乗るためには、『就職・結婚・出産』がセットで必要だ。逆を言えば、その三点セットさえ揃《そろ》っていれば、周囲は『一人前の大人』だと認めてくれる。その中身がどうであろうとも。

——そうか、出産は無理だとしてもその前の結婚まで形だけでも済ませておいて、二年で離婚して自由になれば……。

それでも契約結婚などという突拍子《とっぴょうし》もない話に「はい」と言えるわけがない。難色を示す私に彼が畳みかけた。

「君はこの旅行から帰って職場でどう言うんだ？　寿退社するつもりだったんだろう？」

「それは……」

「さいわいなことに、俺は君が結婚するはずだった相手と同じ『外交官』、しかも本物だ。職場で恥を晒《さら》さなくて済むぞ」

どうか協力してほしい、結婚しようと繰り返されて、心の秤《はかり》がぐらりと揺れる。

「今回のことは君にとっては不幸な出来事だったと思う。しかし俺にとってはラッキーだった。おかげで君に会えたんだから」

神々しいほどの笑顔で言われ、秤の皿が『結婚』に向かって傾《かたむ》いていく。

――いやいやいや、そんなの駄目だって！

結婚詐欺で懲りたばかりなのに、こんな怪しい提案に乗るほど馬鹿じゃない。

でもでもだってを繰り返していたら、彼が名刺に数字を書き込み渡してきた。

「簡単に決められないのはわかる。返事はすぐじゃなくていいから……そうだな、君が帰国するまでじっくり考えてみてくれないか？」

私が帰国するのは一月二日。明々後日の午後だ。じっくりと言うには残り三日もない。

「何かあれば名刺に書いたプライベートの番号に電話してくれ。とりあえず明日デートしよう」

「でっ、デートですか⁉」

――えーっ⁉

＊＊＊

マンハッタンの42ｎｄストリートに位置する交通の要衝《ようしょう》グランドセントラル駅。そのメインコンコースにある時計台『グランドセントラルロック』は、いくつもの映画やドラマにも登場する有名な待ち合わせ場所となっている。

今回の旅行で絶対に来ようと思っていたその場所で、私はなぜか昨日いきなりプロポーズしてきた男性、亘さんと向かい合っていた。

「――ごめん、待たせてしまったかな」

「い、いいえ、私も今来たばかりなので」

――なんだか本当にデートっぽい！

いや、彼がデートだと言っていたのでこれはデートの一種なのだろう。恋人ではないけれど。

昨日いきなりプロポーズされていきなりデートを提案された私だが、最初はもちろん断った。契約結婚だなんて、小説やドラマはともかく現実ではありえないと思ったからだ。

しかし亘さんから「新しいブリーフケースを買うから一緒に選んでほしい」と言われてしまえば無下にできない。「買い物だけなら」と電話番号を交換し、昨日の今日でさっそくの再会となったのだった。

「――あの、買い物ってどこに行くんですか？」

「君はどこに行きたい？」

「えっ、ブリーフケースを買うんですよね？」

「そうだけど……まずは歩こうか」

向かった先はニューヨーク屈指の高級ショッピングエリア、五番街。道路の両脇には世界に名だたるハイブランドの直営店がズラリと立ち並んでおり、おしゃれな人々が行き交っている。

たしかに十二万円の本革ブリーフケースを弁償するとなれば、このレベルの店になるのだろうけれど……。

――いや、十二万円じゃ済まないかもしれない。カードで分割払いでも大丈夫かな。

などと緊張しながら彼と並んで五番街を北上していく。

それでもいくつかの映画で観てきた有名な通りを歩くとなれば心が躍る。

ニューイヤー・イヴの街はクリスマスの名残の華やかな飾りに彩られ、まるで自分が映画のセットに迷い込んだみたいだ。モブ役の通行人Aになった気分で歩いていると、急に亘さんが立ち止まった。

「美緒さん、今から『プリティ・ウーマン』ごっこをしようか」

「えっ？」

「ああ、知らない？　『プリティ・ウーマン』はロサンゼルスが舞台の古い映画で……」

「いえ、『プリティ・ウーマン』は知ってますよ。そうじゃなくて、ごっこってどういう意味ですか？」

——それに今、『美緒さん』って下の名前を呼んだ⁉

「君は映画の世界に憧れてニューヨークまで来たんだろう？　だったら憧れじゃなく実現させよう」

ますます意味がわからない。まさか九十年代のファッションで街を闊歩《かっぽ》しろとでも言うのだろうか。それともコールガールだったヒロインの真似事《まねごと》をしろとでも？

彼の考えがわからず頭をひねっていたら、「好きなブランドは？」と唐突に聞かれる。

「私、ブランドには詳しくなくて」

高級ブランドの名前くらいは知っているが、特に興味がないので買ったことはない。改めて聞かれると困ってしまう。

「だったら店を任せてもらえるかな。まずは君のコートを弁償したい」

——えっ！

「そんなの不要ですよ！　むしろ私が迷惑料を払う立場なのに」

「だからそんなものは必要ないと言っている。汚れたコートで歩き回るのは嫌だろう？」

「それはたしかにそうですけど……だったら自分で買います」

私の言葉に彼が微かに眉根を寄せた。

「それじゃあ『プリティ・ウーマン』ごっこにならないじゃないか。俺はリチャード・ギア、君はジュリア・ロバーツ気分で買い物を楽しむんだ。ここは映画の舞台になったロデオドライブじゃないが、似たような店ならいくらでもある」

亘さんはかなり押しが強いタイプのようだ。固辞する私を無視するように横断歩道を歩き出す。

――仕方がない、とりあえず言うことを聞いておいて、支払いを自分ですれば……。

「美緒さん早く！　信号が変わってしまう」

――また『美緒』って言った！

ナチュラルな名前呼びに戸惑いつつも、彼の背中を小走りで追いかけた。

亘さんは道路の反対側にあった有名ブティックを目指していたらしい。彼がみずから黒い重厚なドアを開けると、「どうぞ」とベルボーイさながらに私を店内に誘導してくれた。

そのまま迷うことなく婦人服コーナーに進んで行く。

「洋服のサイズは？」

「私、女性にしては背が高いのでなかなか合う洋服がなくて。メンズのSサイズを買ったりしてるんですけど、それもなかなか……」

「こっちで君くらいの身長の女性など珍しくもない。Sサイズでいいんだな？」

返事を待たずに彼はポールハンガーにかかった服を物色し、次々と自分の腕に掛けていく。ずっしり重そうな洋服の山を青い目の店員に預け、『これを全部試したい』と英語で告げている。

「えっ、コートだけなんじゃ？　えっ、ちょっと」

『こちらへどうぞ』

『えっ、あっ、はい』

あれよあれよという間に奥にあるカーペット敷きの広い空間に通された。そこには真紅《しんく》のソファセットとカーテンで仕切られた試着室があり、亘さんはゆったりとソファに腰掛け「着たら見せて」と脚を組む。

——王侯貴族ですか⁉

と思っているうちに、私は店員がカーテンを開けて待ち構える試着室に押し込まれた。さながらファッションショーのごとく何着も着替えてはカーテンの開け閉めを繰り返し、優雅にハーブティーを飲んでいる彼の意見を仰ぐという羞恥《しゅうち》プレイをさせられる。

「んっ？　俺が選んだピンクのタートルネックと黒いスキニーパンツは？　まだ着てないだろう」

「私は貧相な身体つきなので、余計に細く見えるスキニーパンツは似合わないんです。基本的にワイドパンツしか履きません。それにピンク色も私には可愛すぎです」

「似合うから大丈夫、上下合わせてみて」

「いやいやいや、本当に似合わないんですって」

「大丈夫だから、俺を信じて」

これは言うとおりにしなければ終わりそうにない。私はシャッと勢いよくカーテンを閉め、渋々最後の一組を身につける。

——もう、本当に恥ずかしい！

慣れないコーディネートでモジモジしながら彼の前に立つと、「うん、いいね。それじゃあこれを履いて」と今度は床に置かれた黒い七センチヒールのブーツを指さされた。

「ちょっ、こんなの無理です！」

悲鳴みたいな声が出た。可愛いタートルネックもスリムなパンツもギリギリ耐えた。それというのも私が亘さんに対して負い目があるからだ。

彼が『プリティ・ウーマン』ごっこをしたいと言うのであれば付き合おう。けれどハイヒール、コレは絶対に駄目だ。

——みんなに笑われてしまう！

私は生まれてこのかたハイヒールを履いたことがない。高身長は私にとって一番のコンプレックスなのだ。学生時代、『エンピツ地味子』、『巨人が来る』と馬鹿にしてきた男子生徒たちと、『やめてあげなよ、可哀想じゃ〜ん』と言いつつ薄笑いを浮かべていた女生徒たちを思い出す。

「私、身長が百七十センチもあるんですよ。これでヒールが高いブーツなんて履いたら巨人になっちゃう！」

首をブンブン振って拒否をした。

「まったく君は……」

彼が大きなため息をつく。長い脚を鷹揚《おうよう》に組み替えながら、こちらをジロリと見上げてきた。

「さっきから聞いていればかなり卑屈《ひくつ》だな。背が高いから似合う服がないとかハイヒールが駄目だとか」

「だ、だって本当のことだから」

「あのなぁ、謙遜が美徳とされるのは日本だけだぞ。ここは自由の国アメリカだ。せっかくいいものを持っているのにアピールしないでどうする」

――いいものって……。

そんなことを言われたのは生まれてはじめてだ。ひょろっとした薄い身体に高身長。真面目で内気な『エンピツ地味子』のどこにそんなモノがあるというのか。

「アピールなんてしようがないですよ」

だって仕方ないではないか。長年かけて培われた卑屈精神は簡単に変わるもんじゃない。イケメン街道を爆進してきたような陽キャに陰キャの気持ちなんて理解できないのだ。

「亘さんに私の気持ちなんてわからないですよ」

身体の横でギュッと拳《こぶし》を握ってうつむいた。

「君が『ハイヒールが嫌い』なのであれば仕方がない。無理やり履かせるなんて俺にだってできないからな。けれどそれが単純に『人目を気にして』のものであれば納得いかない。どうなんだ、君は本当にハイヒールが嫌いなのか？」

嫌いだとか好きだとか、身につけるものをそんな基準で選んだことなどありはしない。派手すぎないか、目立ちすぎていないか、痩《や》せすぎて見えないか、これ以上背が高く見られないか……いつだってまわりの目を気にしてばかり。

黙りこくった私に亘さんが続ける。

「君はなんのためにニューヨークまで来た。日常からいったん離れて自分をリセットするんじゃなかったのか？」

険しい顔で立ち上がり、私の前に歩み寄る。

――叱《しか》られる！

仁王立ちされて身構えた次の瞬間、彼がふっと表情を崩して白い歯を見せた。

「これで巨人だって？　まだまだだな。俺より十三センチも低い」

そう言いながら、私の足元にしゃがみ込む。

「ほら、足をこっちに」

赤いカーペットに片膝をつくと、従者のごとく私の足にブーツを履かせて立ち上がる。六センチ上からじっと私を見下ろして、片手を頭に乗せてくる。

「ほらやっぱり、これでも俺に負けてるじゃないか。巨人どころかチビちゃんだ」

――チビちゃん……。

ハイヒールを履いたのがはじめてなら、そんなことを言われたのも二十七年の人生で初のことだ。なんだか気恥ずかしいのに嬉しくて、頬がぽぽっと熱を持つ。

大きな鏡の前に立たされて、仕上げに亘さんが肩からコートをかけてくれた。彼とお揃いみたいな黒いウールのロングコートだ。

「うん、やっぱり似合う」

後ろからポンと両手を肩に置き、私と一緒に鏡を見つめている。

「こんなにスタイルがいいのにダボついた服で隠してしまうのは、もったいない。無理に身体のラインを出す必要はないが、せっかくの美しさを台無しにすることもないだろう？」

甘くて心地よい言葉が低めの声で鼓膜に響く。

スタイルがいいとか美しいとか、お世辞だとわかっているのに胸をくすぐったくさせる。

——たった数時間で一生ぶんの褒め言葉をもらってしまった。

「ほら、俺に掴まって」

彼の腕に手をまわし、慣れないブーツで踏み出した。夢見心地で店を出る。

いつもより七センチ高い世界はやけに呼吸がしやすくて。薄曇りのどんよりとした景色でさえも、色鮮《あざ》やかに見えた。


次に向かった先はなんと美容院だった。細い路地に入って白いビルの外階段を上がると、控えめに小さな看板がかかっている。

亘さんがドアノブに手をかけたところで私は慌てて呼び止めた。

「あの、どうしてここに？」

「君のイメチェンに決まってるだろう」

「どうして？」

「どうしてって……結婚相手は見栄えがいいほうがいいに決まっている」

――見栄えって！

傲慢《ごうまん》な物言いにカチンときた。

「すみませんね、あなたの条件に合わなくて。結婚相手には、どうか見栄えのいい、ほかの女性を探してください」

「君がいいって言ってるだろう。チッ、わからない女《ひと》だな」

「わか……っ！　今、舌打ちしましたよね。最低！」

「君こそわからずやだ」

そのとき内側からドアが開き、細身の男性が顔を出す。

「店の前で言い合いするのはやめてもらえるかな。入るの？　入らないの？」

「もちろん入るさ」

亘さんに目で促され、首をすくめて店内に入る。

細身の彼はケンさんという日本人で、この店のオーナーだった。有名人のヘアメイクも手掛けている、カリスマヘアメイクアーティストなのだという。

どうやら亘さんは日本人コミュニティに顔が広いようだ。ここは彼の行きつけの店で、私のためにゴリ押しで予約を入れたらしい。

「これはいじり甲斐があるねぇ。色を抜いてパーマをかけてもいい？　サイドにレイヤーを入れるのもいいかも」

「いや、せっかくの綺麗な黒髪は傷《いた》めたくないな。毛先をカットして髪を下ろしてくれるか？」

「前髪は？　前髪を作って斜めに流すと垢抜《あかぬ》けると思うんだ。アメリカ人ウケを狙うならブラント・バングス《ぱっつん前髪》のほうがいいかもだけど」

鏡の前に私を座らせたまま、頭越しに二人で勝手に相談を始めている。

「あの、私、前髪を作るとコケシっぽくなっちゃうので……」

「前髪を作ったことはあるのか？」

「ないですけど」

「やってもいないくせに、わかったようなことを言うな」

――うぐっ、そのとおりだけど、言い方！

「ハハッ、航希は相変わらずだね。美緒さん、コイツは口は悪いが根はいいヤツなんだ。可愛い恋人をもっと可愛くしたくてたまらないんだと思うよ」

「いえっ、私は恋人とかでは！」

慌てて否定すると、鏡に映るケンさんがニコリと目を細める。

「そうなんだ？　でも航希が僕に頼みごとをするなんてはじめてのことだし、君が航希にとって大切な人だというのは間違いないと思うよ」

「ケン、無駄口《むだぐち》を叩いてないで手を動かせ」

「ハハッ、ねっ、照れちゃって、可愛いヤツだろう？」

「照れてない」

さすがの亘さんもケンさんには形無しなようで、苦虫を噛み潰したような顔になる。二人はかなり気心の知れた間柄なのだろう。遠慮のないやり取りに思わずふふっと笑ってしまう。

ケンさんの柔《やわ》らかい雰囲気と軽快なトークでリラックスできた私は、彼にお任せでカリスマのヘアメイクを施してもらったのだった。


「――また来てね〜」

ケンさんに見送られて店を出る。

「うん、綺麗だ。絶対に磨けば光ると思ってた。やってよかっただろう？」

満足げな笑みを浮かべる亘さんに、ここは素直にうなずいた。

だって文句のつけようがない。元々ストレートだった黒髪は、ケンさんのアイロン技術と高そうなトリートメントでさらに真っ直ぐツヤツヤになった。跳ね毛の一本も見当たらず、まるでカラスの濡《ぬ》れ羽のようだ。

カットした前髪はさらりと斜めに流してあって、覗く目元はつけまつ毛や光沢のあるアイシャドウでぱっちり大きく華やかになっている。着ている服とのコーディネートもバッチリで、さすがカリスマだと感心した。

「私はメガネが地味に見える原因の一つだと思ってたんですけど、この格好だとメガネまでおしゃれに見えるから不思議ですね」

「だろ？　ケンの化粧もうまいけど、俺の見立ても負けてないな」

さっきケンさんに言い負かされたのが悔しいのか、ここでも張り合っているのがなんだかおかしい。胸を張って偉そうにする姿が少年みたいだ。

「せっかくの美女を連れてるんだ、このまま歩いて見せびらかしてやろう。お嬢様、どうぞ」

冗談めかして突き出された腕に、私はクスッと笑って腕を絡める。

肩を並べて歩いていたら、通りすがりの女の子たちが『二人ともモデルかな。めっちゃ脚が長い！』、『カッコいいね』と話すのが聞こえた。若い男性二人組が、すれ違いざまに『ヒューッ』と短く口笛を吹いていく。

「私たち、注目を浴びてません？」

何事かと戸惑う私を亘さんが笑う。

「ハハッ、みんなが君をいい女だって言ってるんだ。いい女らしくドヤっていればいい」

「ドヤってって」

「ハハッ」

――楽しいな。

彼は魔法使いじゃないだろうか。私の外見だけでなく、卑屈な気持ちまでこんな短時間で変えてしまった。まさしく『プリティ・ウーマン』の世界。しかも今の私はモブ役Aではない、五番街を闊歩するヒロイン役だ。

――こんなのまるで夢みたい。

私一人だったらこんなことはできなかった。亘さんに引っ張られ、無理やりあちこち連れまわされて。ニューヨークに来ても変われないままでいた私のなけなしの勇気を、彼のおかげで振り絞ることができた。

二十七歳にしてようやく『エンピツ地味子』の呪いが解けたような気がする。

「亘さん、本当にありがとうございました」

「ああ、こちらこそ」

――あっ、そうだ！

「今までの代金をお支払いしないと。手持ちの現金では足りそうにないので、残りは日本に帰ってから銀行振り込みでいいですか？　それとブリーフケース！　ちゃんといいものを買わせてください」

今日はすべての費用を亘さんに払わせてしまっている。彼の手際がいいのか慣れているのか、私が払おうとしたときにはすでに会計が済んでおり、おまけにチップを渡して私の宿泊先まで荷物を届けてもらうよう頼んでいた。やることなすことスマートすぎる。

「いいよ、俺がそうしたかったんだ。それにブリーフケースは日本製だ。買うのは東京の本店と決めている」

「嘘っ、日本製!?」

唯一お礼できるポイントがなくなってしまった。それじゃあブリーフケースの代わりに帰国後お金を振り込むしかないというのか。彼にもらったヒロイン気分のお返しがそれでは、あまりにも味気ない。

愕然《がくぜん》とする私に、彼がふっと鼻から息を洩《も》らす。

「真面目だな……だったらそこで遅めのランチを奢《おご》ってくれないか？」

彼が親指で示した先にはカジュアルなハンバーガーショップ。

「あそこでいいんですか？」

「あそこがいい」

分厚いトマトと雑に切られたレタス、ジューシーな牛肉のパティが挟まったボリューミーなハンバーガーとコークのMサイズを二人分頼み、窓際の席で向かい合う。

「ふふっ、ハイブランドのイケてる服を着てハンバーガーって」

「イケてるだろう？」

彼はなんの躊躇《ちゅうちょ》もなく豪快にハンバーガーにかぶりつく。私も彼を真似して大きく口を開けてかぶりついた。うん、美味しい！

「亘さん、私、ニューヨークに来てよかったです。奇妙な縁であなたと会って、戸惑うこともあったけれど……でも、ちょっとは前向きな自分になれたのかなって」

「そうか……それはよかった」

「それにしても今日はずいぶん人が多いんですね。ニューヨークだから？　それとも大晦日《おおみそか》だからですか？」

店内にはひっきりなしに客が訪れているし、窓の外を歩く人もさっきより増えてきている気がする。

「その両方だな。それとそろそろカウントダウン会場の混雑がピークになる」

「そうか、カウントダウン！」

マンハッタンのタイムズスクエアで行われる年越しカウントダウンは、世界的に有名な一大イベントだ。どう考えても選ばれし陽キャのみが参加するイベントなので、私は身のほどをわきまえてホテルのテレビで見るつもりでいた。

亘さんが左手の腕時計に目をやった。

「午後三時か……ギリギリまだ間に合うかもしれないな」

「間に合う？　何にですか？」

「カウントダウンだ。会場がいっぱいになったらゲートが閉まって入れなくなる。行くぞ」

「えっ、あっ、はい！」

店から出ると、すでにタイムズスクエア方面に向かう道は人の波で溢れている。

「迷子にならないよう、しっかり掴まって」

「はい」

彼に右手を握られて、不安半分、ときめき半分で人の波へと飛び込んだ。


「――わぁ、すごい人混みですね」

ゲートが閉められる直前に会場に滑り込むことができたものの、周囲は人の頭だらけ。いわゆるイモ洗い状態だ。おまけにみんなニューイヤーを祝う派手な帽子をかぶっているものだから、なおさら視界が悪くなっている。

それでも高揚した雰囲気に呑《の》まれ、私も期待でワクワクしてきた。

「早い人は朝から並んでいるんだ。ステージに近い場所を確保するために紙おむつをしてくるとか、俺には信じられないけどな」

「ふふっ、亘さんって、昨日は猫をかぶってたんですね」

「えっ!?」

横からチラリと見上げると、彼は困ったようにふいと視線を逸らす。

「試着室でお説教されたあたりからそんな気がしていたんですが、ケンさんとの会話や今の様子で確定です。言葉遣いも違うし、こっちが素の亘さんですよね」

特に責めるつもりはなかったのに、亘さんの顔から一瞬で笑みが消えたのがわかった。

「……失敗したな。俺的にはかなり頑張っていたんだが……君があまりにも卑屈だったから、つい一言だけ言ってやりたくなってしまったんだ」

一言どころかずいぶん好き放題言っていたような気がするけれど、たしかに私は卑屈なところがあるのでイライラされてもしょうがない。

「ふふっ、それで素が出ちゃったんですか。べつに猫をかぶる必要なんてないのに」

「猫をかぶっていたのは……作戦だ。正確には君から結婚の了承を得るまでは、爽やかで誠実な外交官を演じるつもりだった」

——えっ？

予期せぬ返答にスッと気持ちが醒《さ》めていく。

「ずいぶん狡猾《こうかつ》なんですね。そこまでして結婚したいんですか？」

「結婚したい。ここまできたらぶちまけるが、上司の娘が俺との復縁を望んでいる。昨日君が台無しにした手紙だが、あれには謝罪の言葉と『子供ごと愛してくれ』という内容が書かれていた。なんとしても拒否したい」

「復縁……子供ごと⁉　そんな勝手な」

「本当に勝手な話だ。しかし娘に甘い上司がいつそうしろと言い出してもおかしくない状況でね」

あまりに突拍子もない話に耳を疑ったが、彼の表情が嘘でも冗談でもないと告げている。

「昨日話したとおり、外交官という職業柄、対外向けのパートナーはいたほうがいい。出世に影響するからな。けれどこのままじゃ、上司から他人の子を妊娠中の娘を押し付けられるか、親が勧めたしがらみだらけの結婚をするかの二択だ。どうしたものかと思っていたら……都合よく君が目の前に現れた」

——都合よくって……。

恋人に裏切られて傷ついているのかと思っていたら、どうやら元から愛情などなかったらしい。ハイソなご家庭では政略結婚など珍しくもないのだろうが、そんなものに私を巻き込まないでほしい。

結婚詐欺師に騙された女を親切なフリして騙すだなんて、悪趣味にもほどがある。何が『プリティ・ウーマンごっこ』だ。何が『ヒロインみたい』だ。

——何も知らずに喜んでいた自分が馬鹿みたい。

浮かれていた気持ちが急降下し、代わりに沸々《ふつふつ》と怒りが湧いてくる。私はキッと彼を睨みつけた。

「それじゃあ、あなたは私に愛情のない形ばかりの結婚をしろって言うんですか？　打算しかないじゃないですか」

「愛情どころかお金目当ての詐欺師と結婚するところだったくせに、よく言う」

「それは……」

言葉を詰まらせた私に彼が畳みかける。

「君こそ親にプレッシャーをかけられて焦《あせ》っていたんだろう？　そこに都合よく詐欺師に声をかけてもらえて、深く考えもせずに飛びついたんじゃないか。それは打算と言わないのか？」

——サイテー！　最低！　最低……っ！

まったくどこまで失礼な人なんだろう。昨日会ったばかりの他人に、どうしてここまで言われなくちゃいけないのか。怒りと悔しさで全身が熱くなる。

けれど私の顔が赤いのは、彼の発言が間違っていないからだ。そのものズバリの指摘をされて、恥ずかしくて情けなくて泣きたい気分だ。

「……私、帰ります。お金の振込先はメールで知らせてください」

「会場からは出られないぞ。もうゲートが閉まっている」

去ろうとする手を掴《つか》まれた。ゲートが開いていようが閉まっていようが、どのみちこの混雑具合では身動きのとりようがないのだ。私は彼から距離を取るのを諦めて、斜めの方向に顔を向ける。

「なあ、俺はそんなに悪いことをしたのか？」

「そんなにって……」

思わず彼を振り返る。

「人間は元々多面的な生き物だ。その場に応じていろんな顔を使い分ける。それはそんなに悪いことなのか？　だったら君は俺に全部の顔を見せているというのか？　相手や状況によって言葉遣いや態度を使い分けるのは普通のことだ。俺たちだって昨日と今日、さっきと今では態度が違うじゃないか」

そう言われてしまえば反論できない。

「俺は君に好かれたかった。だから好印象を与えるであろう顔を選んで見せた。そのせいで君が傷ついたというのなら謝ろう。申し訳なかった。そのうえで、改めて俺とのことを考えてみてほしい」

「あなた、そこまで言っておいてまだ諦めてないんですか⁉」

「当然だ、そのためにここまでぶちまけたんだからな。俺はこうして正直に話して聞かせた。そのうえで君に契約を申し込んでいる。俺には君が必要なんだ」

「いやいやいや……」

──困っているのはわかったけれど、さすがにもう……。

「アパートで一人暮らしをしていると言っていたな。家賃はいくらだ」

「七万三千円ですけど？」

「それがタダになるとしたら？」

──えっ、タダ⁉

「家賃だけじゃない。光熱費に水道代、習い事も旅行も趣味の映画鑑賞もし放題。君が大好きな貯金もできる。予定どおりの寿退社で家族は安心。どうだ、君にはメリットしかないと思うが？」

──それはたしかにそうだけど。でも、それでも……。

「結婚したら君を大切にする」

「大切にって……形だけの夫婦なのに？　私を騙していたくせに？」

「言わなかっただけで騙していたわけじゃない。それにもう、こちらの手の内は明かしたじゃないか。散々言い合いをして、お互いの嫌なところを見せたんだ、今さら格好をつけようなんて思わないさ。それは君もそうなんじゃないのか？　詐欺師の一郎よりも俺のほうがよほど本音をぶつけられているんじゃないのか？」

「それはそうだけど……」

たしかに一郎さんとはこんな言い争いをしたことなどなかった。彼が耳当たりのいい言葉しか吐《は》いていなかったからだ。

――それに亘さんに対しても……。

格好をつけてすましていた昨日の彼よりも、今の嫌味な彼とのほうが素の私を見せられているのはたしかなことで。

「結婚したらパートナーとして君を尊重すると誓う。何度でも言う、俺には君が必要だ」

「私が、必要……」

真冬だというのに手首を掴む彼の手のひらはやけに熱い。語る瞳は真剣で、なぜだか彼が本心を告げていると感じられた。

――この人、根は正直者なのかもしれないな。

賢い亘さんのことだ、当初の計画どおり好青年の姿を貫き通すことも、私の言葉を曖昧《あいまい》にかわすこともしようと思えばできたはずだ。

けれど私の卑屈な態度に物申さずにはいられなくて、そのうえ指摘されたらかぶっていた猫を簡単に脱いでネタばらししてしまうような人で……。

――本当の悪人は笑顔で嘘をつきとおし、バレた途端に全力で逃げるような人だ。あの結婚詐欺師みたいに。

だけど亘さんは逃げも誤魔化しもせずに本音を曝《さら》け出してくれた。耳当たりのいい褒め言葉の羅列よりも、よほどこの人の言葉のほうが心に響く。

ぼんやり考えていたら、手首を掴んでいた彼の手が今度は私の手のひらをギュッと握ってきた。

――えっ⁉

心臓が跳ねて、首まで一気に熱くなる。思わず彼を見上げたら、彼もこちらを見つめていた。真剣な眼差《まなざ》しに射すくめられて、私は視線を逸らせない。

しばらく黙って見つめ合っていたが、先に口を開いたのは亘さんだった。

「お互いここまで晒したんだ、もう格好をつける必要もプライドを気にすることもないだろう？　俺なら君を丸ごと受け止められる。運命共同体だ。ほら、もう俺にしておけよ」

頬を緩めて自信ありげに口角を上げる。

「ふっ、なんかすごい理屈」

「理屈じゃない、お願いしているんだ」

あまりの潔《いさぎよ》さに肩の力が抜ける。怒っているのが馬鹿らしくなってきた。

「――おっ、いよいよだ」

気づけば時刻は午後十一時五十九分、とうとうカウントダウンが始まった。巨大なボールがゆっくりと落ちながら、今年の残り数秒を刻む。周囲が大声で数字を叫ぶ。トゥエンティ！

ナインティーン、エイティーン……。

「俺は詐欺師じゃなければ偽物でもない。ちゃんと入籍するし君の親にも会いに行く。生活の保障だってする。結婚するからには浮気も絶対にしないと誓うよ。それに……」

「それに？」

その瞬間、まわりのカウントダウンの声がより一層大きくなる。スリー、ツー、ワン……。

「やっぱり俺たちの出会いは運命だと思う」

ゼロ！　の叫びに続いて豪快な花火の音がドーン、ドーン！　と鳴り響く。

私の胸を震わせているのは、花火の音か、それとも彼の言葉なのか。ただ一つはっきりしているのは、私が今、猛烈に感動しているということだ。

タイムズスクエアの上空が明るく光る。あちこちから『ハッピーニューイヤー』と叫ぶ声が聞こえてきた。ハグをする人、キスする人、紙吹雪《ふぶき》を捕まえようと手を伸ばしている人。

私は今、マンハッタンのど真ん中で運命の相手と立っている。

「ハハッ、アメリカの花火も悪くないだろう？　君に見せたら喜ぶと思ったんだ」

――ああ、この笑顔は本物だ。そして私にくれた言葉もきっと……。

空を彩る満開の華に負けないくらい艶《あで》やかに微笑まれ、心のロックがカチリと外れる音がした。

――この人となら、うまくやっていけるかもしれない。

男女としての愛情がなくても協力者としての親愛を育むことはできるかもしれない。こんなふうに肩を寄せ合って、楽しく笑い合って、ときには口喧嘩《げんか》なんかもして。

『エンピツ地味子』の呪いを解いてくれたこの人と、私たちなりの夫婦の形を築いていけるなら……。

「亘さん、結婚しましょう」

ぽろりと言葉がこぼれ出た。

「いいのか？　本当に？」

私がうなずきお互いじっと見つめ合う。

大量の紙吹雪が舞い散るなか、彼の顔がゆっくり近づいて。

「ハッピーニューイヤー」

低い囁きと共に薄い唇が重なった。

「新年と、俺たちの契約成立におめでとう」

彼が差し出した右手を私が握ると、さらに強く握り返された。

――私はこの人と、結婚するんだ……。

新年を祝う喧騒《けんそう》のなか、私たちの突拍子もない契約が成立した。

2、運命の出会い　Side航希

『──本当にごめんなさい、ほんの気の迷いだったんです。あなたに会えないのが寂しくて魔が差してしまいました。

私が本当に好きなのは航希《こうき》さんだけ。

父は私たちを別れさせようとしているけれど、私は航希さんと結婚したい。私のことを愛しているのならお腹の子供ごと愛せるはずですよね？

お願いです、どうかすべてを許して受け入れてください。心から愛を込めて。　絵美里《えみり》』

「……愛してないし」

十二月も終わろうという真冬の午後。休日出勤のあとでブルックリン・ブリッジに寄った俺は、日本から届いたばかりの手紙を読み返していた。

「お腹の子供ごと受け入れろだって？　ふざけんな」

――俺が欲しかったのは、君の父親の威光であって君自身じゃない。誰がどう見たって政略結婚なのに、そんなことにも気づかないなんて、どれだけ頭がお花畑なんだ。

後藤《ごとう》絵美里は俺の上司である後藤北米局長の一人娘だ。絵美里と見合いをしたのは半年前の六月。俺が本省での仕事のために、一週間だけ日本に帰っていたときだった。

見合いといっても正式なものではなく、局長に食事に誘われて出掛けて行ったら、そこに彼女もいたというものだ。どうやら以前から俺を見初《みそ》めていた絵美里が父親に頼み込んだらしい。

――食事の席に香水をたっぷり振りまいてくるのはいかがなものだろうな。食事のときは髪を結べ。どうして茶髪にしてるんだよ、そこは黒髪で着物だろう！　外交官と結婚したいなら海外でウケる日本女性像に揃《そろ》える一択だろうが！　上司の娘じゃなければ一言物申すところだぞ！

などという心の声はおくびにも出さず、自分的に最高レベルの笑顔で会食を乗り切った。

あとで局長から「俺の娘を嫁にどうだ」と聞かれて「はい、よろしくお願いします」と答えた。

そう答える以外にない。外務省の北米局を足掛かりに上を目指していこうと思っている人間が、その局のトップから持ちかけられた話を断れるわけがない。引き受ければ出世、断れば左遷。メリットとデメリットを秤《はかり》にかけた結果、当然俺は従うほうを選んだ。

俺の父親は元外務省職員だ。しかし『国家公務員総合職試験』に合格して入省したいわゆる『キャリア組』ではなく、『ノンキャリ』と呼ばれる経理や庶務などを担う専門職員のほうだった。高い英語力を買われて北米地区を中心とした在外公館を転々とし、最後は参事官止まりで退官となっている。それでもノンキャリで参事官まで行ったのだから、かなり優秀だったのだろう。

幼い頃から海外暮らしが多かった俺は自然と自分も外交官を目指すようになったが、父親を尊敬してのことじゃない。むしろ軽蔑《けいべつ》しているし、早くアイツより出世して見下してやりたいと思っているくらいだ。

親戚は公務員や士師業に就いている者がほとんどで、亡くなった祖父も国土交通省の役人だった。俺自身も幼少時からエリートになるべく育てられ、おかげでかなり上昇志向が強い人間に仕上がった。我ながら自分はかなり優秀な部類だと思う。

外務省キャリアとして入省し、二十九歳で一等書記官、今度の本省勤務では課長補佐を拝命している。周囲の期待を裏切らず出世街道を爆進中だ。次に海外勤務になるときは参事官としてだろう。そうなれば三十代にして父の最終役職に追いつくことになる。

母は次々と変わる環境に順応できず、かなり苦労をしたらしい。海外と日本を行ったり来たりの生活と、パーティーや会食続きの日々に不満ばかりを述べていた。

父は母の愚痴《ぐち》を聞くのにうんざりしたのか元々女にだらしない性格だったのか知らないが、何度目かの本省帰任時に日本で愛人を作った。それが父が今、一緒に住んでいる女性だ。

俺が中学生くらいの頃が家が一番荒れていて、母親はヒステリックに泣き喚《わめ》くし、父はすぐに愛人のところに逃げるしで散々だった。

父は六十歳で退職したが、その後は愛人に買い与えた都内のマンションに入り浸りでほとんど家には帰ってこない。だったらとっとと離婚すればいいものを、世間体のためか金の繋《つな》がりなのか、今も表面上だけの仮面夫婦を続けている。

冷え切った家庭で育った俺を不憫《ふびん》に思ったのか、祖父が俺名義で資産を遺してくれていた。東京の大学に進学後はアパートで一人暮らしを始め、施設に入っていた祖父母が相次いで亡くなってからは、二人が住んでいたマンションに移り住んだ。実家にはほとんど帰っていない。一家離散みたいなものだ。

そういう環境で育った結果、結婚に興味のないまま大人になった。女性から告白されて付き合ったことはあるし、それなりの経験は積んでいるが、世間一般でいう『普通』のラインを外れたくなかっただけで、恋愛自体には夢も憧れもない。今まで誰にも本気になれず、執着したこともない。

結婚しなくていいなら避《さ》けたいところなのだが、残念ながら世間がそれを許さない。二十代の終わり頃から見合い話がちらほらと持ち込まれるようになり、『在外公館での勤務を終えてから』を言い訳にのらりくらりと逃げてきた。

日本の本省に戻ったらさすがに逃げきれないかもな……などと思っていたら、まさかの一週間の帰国中に捕まった。しかし相手は出世頭であり俺も尊敬している北米局長の愛娘《まなむすめ》だ、これに乗らない手はない。どうせ結婚に求めるものは後ろ盾《だて》と世間体なのだ。だったらより高く自分を売れる先を選ぶに決まっている。


こう言ってしまえば最低な男だと思われるだろうが、それでも結婚するからには家庭を大切にする気でいたし、浮気も一切するつもりはなかった。両親のようにはなるまいと自分に誓っていたからだ。

心からの愛情を注げなくても愛しているフリはできる。妻となった女性が満足できるだけの暮らしを保障するし、好きなものを買い与えよう。笑顔で話を聞くし、求められればセックスだってする。最初から相手に期待をしていなければ、とことん優しくなれるものなのだ。

そうして一生いい夫を演じ続け、出世の階段を上っていく。それが自分の人生なのだと思っていた。それなのに……。

未来の義父となる後藤局長から電話がかかってきたのはほんの一週間前。わざわざ電話ということは、娘に関することに違いない。案の定、俺の予想は当たっていたのだが、話の内容は俺の考えていたものと大きく異なっていた。

『絵美里が妊娠した。念のために聞くが、相手が君ということは……』と聞かれた俺は、食い気味に「違います」と答えていた。

妊娠させるはずがない。俺と絵美里が会ったのは、半年前の見合いの席と、彼女が空港まで見送りに来てくれたときだけだ。しかも見送りは局長夫妻も一緒だった。局長もそれはわかっていることなので、『やはりそうか』と電話の向こうで絶句した。

『すまないが婚約話はなかったことにしてほしい。こちらの都合で申し訳ないが、このことは内密に頼む。悪いようにはしないから』

いきなりのことに一瞬何を言われているのかわからなかったが、とりあえず相手の言葉に「はい、わかりました」とうなずいた。電話を切ってから今の会話の内容を咀嚼《そしゃく》する。

要約すると、俺が不在の半年間のあいだに絵美里が浮気をして妊娠した。そっちと結婚させるから俺との婚約話は破談にしてほしい。絵美里の浮気や妊娠については口外するな。そのぶん君の昇進に関しては配慮するよ……ということだ。

——ふざけるな！　出来の悪いわがまま娘を押し付けようとしたくせに、電話一本で済ませるのかよ。自分の娘の素行管理くらいちゃんとしておけよ！

と一瞬腹が立ったものの、すぐに考えを改めた。

「いや、これはラッキーかもしれないぞ」

予想外の形で破談になったものの、結果的にはこれでよかったのかもしれない。元々俺は実力で上を目指すつもりでいたのだ。外務省で出世するためには引っ張り上げてくれる上司がいるかどうかも大事だが、それとは別に、海外と日本、両方の政治家とのラインがあるかどうかも重要な鍵となってくる。俺はその点でいうと、一度目に駐在したワシントンと今回のニューヨークであちこちに顔を繋いであった。

二ヶ月前に日本の外務大臣が訪米した際にはアテンド担当となり、英語がまったくできない彼のために通訳をし、付きっきりで面倒を見た。妻子へのお土産選びまで手伝った甲斐《かい》があって、しっかり顔と名前を覚えてもらっている。

こうして着実に実績を重ね、俺はここまでやってきた。最終的には事務次官を経ての駐米大使コースが理想だが、今のところ出世レースからは外れていないと思う。

しかも今回の破談の原因は先方の不貞、こちらになんら責任はないのだ。ノーダメージどころかむしろ上司に貸しを作った形となり、今後の勤務評定に響くこともないだろう。

――これで帰国後しばらくは仕事に専念できそうだな。

そう思っていたのだが……。後藤局長から父にも話が行ったらしく、『後藤さんから謝罪の言葉をいただいた。次の見合い相手はこちらで見繕っておく』というメールが送られてきた。一切の慰《なぐさ》めも労《いたわ》りの言葉もなく淡々としたものだ。そういう人とは知っていたが、間髪入れずに次の見合いを勧めてくるとは冷笑が浮かぶ。

――自分が見合い結婚で失敗しているくせに、よくやるよ。

そのうえさらに斜め上の展開が待っていた。絵美里からのエアメールだ。

絵美里からの手紙は俺が勤務している総領事館に届いた。彼女が俺の住むアパートの住所を知らなかったからだ。娘が婚約者気分でアメリカに行くのを危惧したであろう局長が、頑《かたく》なに住所を教えなかったらしい。たしかにあんなのに自宅や職場まで来られたら、仕事の邪魔でしかない。親馬鹿《ばか》であってもそのあたりの判断ができるのはさすがだといえる。

それで今回突撃をまぬがれたのは助かったが、だからといって領事館に個人的な手紙を送りつけてくるなんて、彼女の脳内はどうなっているんだ。いくら優秀な局長であろうとも、仕事と子育ては別物ということなのか。

デスクで恐る恐る封筒を開ける。便箋《びんせん》五枚にわたる手紙には、びっしりと愛の言葉と言い訳が綴《つづ》られていた。ふむふむ、なるほど、馬鹿らしいなと思いながら読み進め、最後の六行で心臓が凍りつく。

『寂しくて魔が差した』、『本当に好きなのは航希さんだけ』、『航希さんと結婚したい』、『お腹の子供ごと愛せるはず』。

「……はぁっ⁉」

思わず大きな声が出て、隣の席に座っていた後輩の田口《たぐち》がビクッと肩を跳ねさせた。

「亘さん、どうしたんですか？」

と俺の手元に目を向ける。

——マズい、これは超機密情報だ。コイツに見られるわけにいかない。

俺は手紙と一緒にいくつかの書類をブリーフケースに突っ込むと、パソコンの電源をオフにする。

「続きは帰ってまとめておくよ。引き継ぎ書類も年明けには送る。お疲れ様」

作業中の田口に声をかけ、一足先に席を立つ。

今年も残すところあと二日だというのに、今日は休日出勤だった。

二ヶ月前に外務大臣の訪米が終わったばかりだが、来年の五月に財務大臣のニューヨーク証券取引所訪問、九月には与党女性議員のニューヨーク現地校視察が待っている。

おかげで俺は帰国ギリギリまで現行の作業を進めつつ、同僚への引き継ぎや引っ越し準備もしていかなくてはいけないというハードワークが続いていた。

午後からアパートに帰って荷物の整理をしようと思っていたが、その前にまずはこの手紙だ。書かれていた内容について考える時間が欲しい。

俺はそのままお気に入りの場所ブルックリン・ブリッジに立ち寄って、もう一度さっきの手紙を開いてみた。何度読み返しても同じだ。そこには見るもおぞましい自分勝手な言葉が並んでいる。

「……お腹の子供ごと受け入れろだって？　ふざけんな」

どうしてこんな考えができるんだ。本当に好きなのは俺だけだって？　だったらどうしてほかの男の子供を妊娠しているんだ。たった半年さえもセックスを我慢できなかったのかよ、しかも避妊もしないって……。

「頭が悪いにもほどがあるだろう」

こんな相手と結婚しなくて済んでよかった。局長と縁戚になれなかったのは残念だが、手遅れになる前に気づけたのはさいわいだ。

――しかしまだ油断はできないな。

愛妻家なうえに娘に甘い局長のことだ、今は常識的なことを言っていても、いつクルリと意見をひっくり返すかわからない。放っておいたら妻と娘に押し切られて、『どうか結婚してやってくれ』などと言い出しかねない。

冗談じゃない、いくら出世のためといったって、そんなのはまっぴらごめんだ。どんな好条件を提示されようとも今度は聞き入れるつもりはない。

「まいったな……俺の心配が杞憂に終わればいいんだが」

ため息を吐きつつもう一度手元に目をやると、急な強風で手紙が吹き飛ばされてしまった。

咄嗟《とっさ》に手を伸ばしたものの間に合わず、ひらひらとイースト川に落ちていく。

――まぁいいか。どうせ捨てるものだ。

と思っていたら、いきなり後ろからタックルされた。

『早まっちゃ駄目《だめ》です！　生きていればそのうち絶対にいいことがありますから！』

「うわっ！」

――なんだ、この女！

それが七瀬《ななせ》美緒《みお》との出会いだ。

美緒は俺にとって好都合な条件を兼ね備えていた。結婚詐欺師に騙《だま》され傷心旅行中の日本人、しかも語学が堪能で英語とフランス語が話せるときている。大学の外国語学部卒で外資系企業に就職、海外旅行をする余裕もあるなら育ちはそれほど悪くはないだろう。ぱっと見は地味で垢抜《あかぬ》けない印象だが、よく見れば顔の造形は整っているしスタイルも悪くない。特に黒髪と切れ長の目がいいと思う。

――そうそう、外交官の結婚相手にはこういう女性がいいんだ……。

素早く値踏みしながら考える。

――彼女を使えるんじゃないか？

どうにかランチに誘うと詳しい話を聞き出すことに成功した。

実家のリンゴ農園は妹夫婦が継いでくれる。長女でありながら自由の身。会社は寿退社を予定していた……。なるほど、聞けば聞くほど都合がいい。

何よりいいと思ったのは、彼女が俺を性の対象として見ていないことだ。こうして向かって話していても、媚《こ》びたり上目遣いをしてこない。むしろきっちり線を引かれているくらいで。

――これはますます理想どおりじゃないか？

一緒に住むなら割り切った関係のほうがやりやすい。毎晩のように身体の関係を求められては疲れるし、家でべったりとまとわりつかれるのも面倒だ。

そんな考えをつゆ知らず、美緒のほうはといえばやけに同情的で。俺の話に「それはつらかったでしょうね」とか「ショックで恋愛不信なんですね」などと、しんみりうなずいている。

――いやいや、君のほうこそ大概だぞ。俺を慰めてる場合じゃないだろうに、お人好しだな。

しかし勝手に好印象を持ってくれるのはありがたいので、そこは否定せずにさらりと契約結婚の話を振ってみた。二年で更新のルールは、選択肢を増やしたほうが話に乗りやすいと踏んだからだ。彼女に決定権を与え優位にすることで、イエスと言いやすいよう誘導する意図もある。こちらとしては二年後に美緒がどちらを選ぼうが構わないと思っていた。

結婚継続を選ぶなら俺はいい夫を演じ続けるだけだし、離婚となったら『もう結婚は懲《こ》り懲《ご》りだ』と言ってバツイチのまま独身生活を謳歌《おうか》するだけのことだ。

もちろん俺の提案に驚かれはしたが、そこは持ち前の強引さとプレゼン能力がものを言う。

「じっくり考えてみてくれないか?」とデートに誘った。

そうは言っても彼女の帰国は三日後の午後。じっくり考える余裕などありはしないことも織り込み済みだ。こういう交渉はスピード勝負、相手が冷静さを取り戻す前に、こちらのペースで話を進めるのが鉄則なのだ。

「新しいブリーフケースを買うから一緒に選んでほしい」

彼女が断りにくいのを承知のうえで、言葉巧《たく》みにデートをオーケーさせることに成功した。

買い物に誘ったのは、経験上それが女性を喜ばせる最高の手段だと知っていたからだ。映画好きの美緒のことだ、『プリティ・ウーマンごっこ』と言えば嫌でも気持ちが盛り上がり、俺へのガードが低くなると踏んでいた。

それ以外にも、やや野暮《やぼ》ったく見える彼女の外見を変えたいという気持ちもあった。外交官の仕事の半分は人脈作りでできている。結婚相手は見栄えと愛想がいいほうがありがたい。『美人は三日で飽《あ》きる』とか『人は見かけじゃない』なんて言うヤツがいるけれど、容姿はよければよいほど物事を有利に運んでくれるものなのだ。

第一印象は見かけで決まる。気が合うだとか趣味が一緒とか、そんなのは後からついてくるものだし、内面なんて相手に合わせて取り繕えばいい。

その点、美緒は合格ラインだった。切れ長の目に艶《つや》のある黒髪は外国人にウケる。スラリとした手足に長身の彼女が扇柄や松竹梅をあしらった着物を着れば、海外の社交の場では目立つだろう。これでもっと笑顔が明るければ満点だ。

自慢じゃないが昔からそこそこモテてきたし女性経験も少なくはない。外交官になってからは多くの社交の場で女性を見てきたから目は肥えているほうだ。

彼女は磨けば絶対に光る、そう確信していたのだが……。

美緒は呆《あき》れるほど劣等感の塊《かたまり》だった。「私なんか」を連呼され、徐々にじれったくなってくる。腹が立ったと言い換えてもいい。海外生活の長い俺からすると、控えめすぎる日本人に苛立《いらだ》ちを感じる場面が少なくなかった。

日本では美徳とされる『謙遜』も、一歩国外に出れば通用しない。極端にへりくだる国民性は日本独特の文化だが、アメリカでは自信や能力のなさと受け取られる。『察してちゃん』で黙っていたら、誰にも気づいてもらえない。アピールしたもの勝ちなのだ。

――君の容姿は決して卑下《ひげ》するようなもんじゃないだろう！　むしろ綺麗《きれい》な部類なんだ、自信を持てよ！

――はぁ、巨人だって？　モデルのような体型だと自慢すればいいじゃないか、どうしてすぐにうつむこうとする！

共感性羞恥心《しゅうちしん》とでもいうのだろうか。彼女の頑《かたく》なさや意固地さが痛々しくて、イライラしてきて悔しくて……。

「まったく君は……さっきから聞いていればかなり卑屈《ひくつ》だな」

思わず本音を吐いていた。徹底的に好青年を演じるつもりだったのに、気づけば辛辣《しんらつ》な言葉のオンパレードだ。マズい、これでは結婚どころではないぞ。わかっているのに止まらない。

――だって君はこんなにも素敵《すてき》なんだぞ。俺が認めてるんだ、上を向け！

慣れない七センチヒールに戸惑いながら、彼女が俺を見上げてくる。その瞳には期待と不安が入り混じっていた。

――大丈夫だ、ちゃんと似合っている。

「ほらやっぱり、これでも俺に負けてるじゃないか。巨人どころかチビちゃんだ」

彼女の頭にポンと手を乗せ呟《つぶや》くと、猫のような瞳がうるりと揺れた。頬に一気に赤みがさして、年相応の若々しさが浮かび上がる。

――ああ、こんな可愛《かわい》い顔もできるんじゃないか。

胸の奥でくすぐったいような感情が湧いた。

美容院でも俺たちの攻防は続いた。

「あの、私、前髪を作るとコケシっぽくなっちゃうので……」

「やってもいないくせに、わかったようなことを言うな」

女性に対してこんなにハッキリ言うのははじめてだ。むしろ無関心からくる優しさで、相手に適当に合わせておくのが常だった。

それがどうだ、彼女の機嫌を取ることも自分を偽《いつわ》ることも忘れて意見をしてしまうだなんて。

「ハハッ、航希は相変わらずだね。美緒さん、コイツは口は悪いが根はいいヤツなんだ。可愛い恋人をもっと可愛くしたくてたまらないんだと思うよ」

——ケン、余計なことを言うな。今はまだ恋人じゃないし口説いている最中だ。まあ、一足飛びで結婚に持ち込むつもりでいるけれど。

「航希が僕に頼みごとをするなんてはじめてのことだし、君が航希にとって大切な人だというのは間違いないと思うよ」

「ケン、無駄口《むだぐち》を叩《たた》いてないで手を動かせ」

「ハハッ、ねっ、照れちゃって、可愛いヤツだろう?」

「照れてない」

照れてはいないが今日はなんだか落ち着かない。平常心でいられないのは、俺が美緒との結婚を焦《あせ》っているからなのだろうか。

——彼女といると、どうにもペースが狂ってしまう。

素直な反応がおかしくて、それを楽しんでいる自分がいて。

もっと驚かせたい、もっと喜ばせたい……そんなふうに思う相手ははじめてで。

こんなにも自分の感情が揺れ動くその理由はわからない。けれどそのときはただ、彼女を最高に仕上げてほしい、最高の笑顔にしてあげてほしい……と心から願っていた。

俺の予想は大当たりで、髪型と化粧も変えたらいきなりモード系の美女に変身だ。磨けば光ると思っていたが、彼女の仕上がりは俺の想像を超えていた。思わず見惚《みと》れて息を呑《の》む。

ハンバーガーショップでカウントダウンイベントに誘ったのは、彼女に見せたらきっと喜ぶだろうと思ったから。その瞬間は、契約結婚のことなど頭からすっぽり抜け落ちていた。

混雑を理由に彼女の手を握る。いつになくワクワクしている自分がいた。

周囲の熱気にあてられて、俺たちの会話も弾《はず》んでいく。心を開いてもらえたと思ったとき、彼女から『猫をかぶっている』と思わぬ追求をされる。取り繕うことはいくらでもできたのだ。気のせいだとか、君には素顔を見せたいからだ……とか。いつもの俺なら楽勝なはずだった。

外交官なんて、やってることは詐欺師とたいして変わりない。ハッタリをかまして最大限の成果をあげるのが俺たちの仕事なのだ。

仕事を通じて海外の要人と友情らしきものを育むことはできるが、あくまで『らしきもの』止まり。お互い自分の国を背負っているのだから、自国の利益が最優先に決まっている。限られた資源や資産をいかに自国に誘導するかを考えて動くのに、本音を言えるわけもない。

しょせんは狐《きつね》と狸《たぬき》の化かし合い、いかにして相手を出し抜くか。笑顔で握手しているその陰で、こっそり舌を出し、絶妙なジャブの応酬をしてみせる。

だから百戦錬磨の仕事相手と比べたら、素人《しろうと》の女性一人を騙すのなんて簡単だ。

……そのはずだった。

けれどどういうわけか、彼女には嘘《うそ》を貫き通すことができなくて。

後ろめたさ、罪悪感、正義感。いや、そのどれとも違う不思議な感情。

彼女の真っ直《す》ぐな瞳を見た途端、何かが俺を突き動かした。

——ああ、この子にはちゃんと言わなくてはいけない。もっと本当の俺を知ってほしい。

そう思ってしまったんだ。


「亘《わたり》さん、結婚しましょう」

覚悟を決めた彼女の顔は凛《りん》としていて、花火の閃光《せんこう》で煌《きら》めく瞳は見惚れるほど美しくて。

「ハッピーニューイヤー」

新年の挨拶《あいさつ》を言い訳に、彼女の唇にキスをした。

——俺はこの子と結婚するんだ……。

お互い利害の一致した契約結婚。Ｗｉｎ-Ｗｉｎの相手。それだけのはずなのに。

なぜだろう、このとき不意に、それだけでは終わらない予感が心の隅を掠《かす》めていった。

この胸をざわつかせる感情が何なのか、俺にはまだ、わからない。

3、契約妻の憂鬱

「――それにしても、美緒《みお》のお相手がこんなに素敵《すてき》な人だったなんてねぇ」

「外交官だとは聞いてたけど、こんなにカッコいいとは思わなかったよね。そのダイヤは合計何カラット？　私も結婚指輪はそのブランドがよかったな～」

満面の笑みで航希《こうき》さんのグラスに烏龍《ウーロン》茶を注ぐ母と、姉が連れてきたイケメンにはしゃぐ美紀《みき》。父は若干緊張した面持ちで黙って寿司をつまんでおり、美紀の夫である正吾《しょうご》くんは見慣れぬ客に興味津々の二歳の愛娘《まなむすめ》、美帆《みほ》を膝に乗せてニコニコしながら会話に耳を傾《かたむ》けている。

正月気分も落ち着いた、一月中旬の土曜日。なんと私と航希さんは、埼玉《さいたま》県にある私の実家を訪れていた。

「お姉ちゃんコンタクトレンズにしたんだね、なんだかおしゃれになってる。ほら、やっぱり私が勧めたパーティーに参加してよかったでしょ？」

美紀の言葉に私と航希さんは気まずい視線を交わし合う。目だけで『余計なことを言わないでよ』、『言うはずないだろ』と会話を終えた。

婚活パーティーに行ったこと、外交官と結婚前提で付き合っていることまでは以前から家族に伝えてあったのだが、その先のこと……相手が詐欺師だったことや現実逃避先のニューヨークで代わりを見つけたことなど口が裂けても言えやしない。


ニューヨークの新年に契約を交わした私たちは、あれから五日後の週末に日本で再会した。

帰国直後の航希さんが空港からすぐに連絡をよこし、自分のマンションに私を呼び出したのだ。

駅から徒歩七分の低層マンションはレンガ造りの瀟洒《しょうしゃ》な二階建てだった。周囲を樹木と壁で囲われており、一見すると金持ちの豪邸に見える。

二階にある2LDKの角部屋は、元々航希さんの亡くなった祖父母が暮らしていた物件らしい。二人が施設に移ってからは賃貸に出していたそうなのだが、その後航希さんが遺産として譲り受け、ここで一人で暮らしているそうだ。

「官僚さんはすぐに呼び出しに応じられるよう寮に住んでるものだと思ってたけど、違うんですね」

ベランダから緑が見える、日当たりのいいリビングに通された。黒いソファに腰掛けそわそわしていると、航希さんがコーヒーの入ったマグカップを手にキッチンから戻ってくる。

「それは国家公務員の宿舎のことだろう。俺の同僚はアパート暮らしが多いかな。独身用の建物もあるんだが、施設が古くて不便なんだ」

ガラステーブルにマグカップを置いて、向かい側の席に座る。

「コンタクトレンズにしたんだな、似合っている」

「あ、あの、会社の後輩に勧められて……」

——わっ、気づいてくれた！

一週間ぶりに職場に戻った私を見て、上司も同僚も『垢抜《あかぬ》けた』とか『綺麗《きれい》になった』と褒《ほ》めてくれた。後輩には『急に有休を取るものだから、マリッジブルーかな……なんて噂《うわさ》してたんですけど違ってましたね。なんか輝いてます。カップルエステにでも行ってたんですか？』なんて冷やかされたほどで。

会話の流れでコンタクトレンズを勧められ、思いきって眼科に行った。たしかにニューヨークで買った服にはコンタクトレンズのほうが似合っているし、周囲の評判は上々だ。

「その服を着てくれたんだな。メガネも悪くはないが、コンタクトにしたほうが表情が明るく見える。うん、いいじゃないか」

「……ありがとう、ございます」

今日のコーディネートはニューヨークで航希さんに買ってもらったグレーのざっくりしたセ

ーターと白い巻きスカートの組み合わせだ。マンションに着いたときに何も言われなかったため若干ガッカリしていたのだけれど、そうか、洋服にもコンタクトレンズにも気づいていたんだ。

彼なら嘘偽《うそいつわ》りない意見を述べてくれると思っていたので、似合うと言われて正直嬉《うれ》しい。

恋人でも愛があるわけでもないのに意識するのは変かもだけど、それでも褒められたいのが乙女心なのだ。

「それで、いつ引っ越してくる？」

「へっ、引っ越し？」

ヘラヘラしていたら斜め上から変化球が飛んできた。

「結婚するんだから当然だろう。もしも希望の物件があるのならそちらにしても構わないが、俺的には通勤に便利なここでいいと思っている。どうだ？」

徒歩圏内の最寄り駅が三つもあるうえに、スーパーも郵便局もすぐ近く。部屋は物置になっている八畳の洋間を使えばいいと、つらつら述べる。

「一緒に住むって、本気ですか!?」

慌てて言葉を遮《さえぎ》ると、航希さんが眉をひそめて怪訝《けげん》な顔つきになった。

「……まさか約束を反故《ほご》にするつもりじゃないだろうな」

「そんなことはないけれど、でも、いきなり同居だなんて」

たしかに契約結婚するとは言ったけれど、一緒に住むことまでは考えが及んでいなかった。まだよく知りもしない異性、しかもこんなイケメンと共同生活したら落ち着かないに決まってる。パジャマ姿でくつろぐことさえできやしない。

航希さんがあからさまなため息をつくと、「ちょっと待ってろ」と席を立つ。居間からドアを隔てた隣の部屋に入り、戻ってきたときには何かの用紙と水色の小箱を持っていた。再び席につくと私に向かってガラステーブルに紙を滑らせる。

Ａ３サイズの用紙には『婚姻届』と書かれていた。しかもすでに左側の『夫になる人』の欄だけ記入済みだ。

——こっ、婚姻届!?

「準備万端！　本当に本気なんですね」

「本気だが？　ここに君の名前と生年月日を。住所は俺のを見ながら書くといい。押印《おういん》はここだ、実印じゃなくても構わない」

用紙を指さしながら淡々と説明すると、最後に目の前に黒いボールペンを差し出してきた。

「うわっ、すごく事務的」

「さっきからウダウダと煮え切らないな。君は本当に結婚する気があるのか？」

腕組みしながらジロリと見つめられる。

「あっ、あります！　ありますけど、人生の一大事なんだからそんなに焦《あせ》らせないでくださいよ」

額に青筋が見えたような気がしたので慌ててボールペンに手を伸ばす。引ったくるようにして受け取ると、目の前の用紙に向き直った。当然ながら婚姻届を書くなんて生まれてはじめての経験。唾をゴクリと飲み込んでペンを構える。

「あの、一つ聞いてもいいですか？」

「なんだ」

まだ何かあるのかという顔で見られたが、これはニューヨークで契約結婚を持ちかけられたときから気になっていたことだ。婚姻届にサインする前に一度聞いておきたいと思った。

「あなたの事情も出世したいのもよくわかりました。でも、なんのために出世したいんですか？」

「えっ？」

「出世のために結婚が必要なんですよね。そのために好きでもない私と契約するんですよね？それであなたは何を得るんですか？　聞いた感じだと、すでにお金も十分持っているみたいだし、ここまでする意味があるのかなって。あとで後悔しないですか？」

「それは……仕事で上を目指すのは当然のことで……物事を動かそうと思ったらトップに立つのが手っ取り早いんだ。後悔なんてしない」

決まり事やしがらみの多い省庁では、上の思惑で提案を無視されたり潰されたりと、自分の思うように仕事を進められない事案が多い。だったら自分が上に行けばいい、そう考えたのだという。

「わかりました。それじゃあ私は亘さんと結婚して、ちゃんと役に立つことができるんですね。上司の娘さんとの結婚をまぬがれて、それでお役御免じゃないんですよね？」

結婚するからには正当な理由が欲しいと思う。私たちのあいだに夫婦にとって一番大事な『愛情』がない以上、一緒にいる理由、自分が納得できる何かが欲しいと思ったのだ。

それはお互いが切羽詰まっていたからとか都合がよかったとかの『逃げ』の理由じゃなくて、『一緒に何ができるのか』という未来的な思考のことだ。それが彼との暮らしにおいて、自分の背骨となるものだと思うから。

「……ああ、断言できる。君は俺が見込んだ女性だ。君といればきっと俺は仕事を頑張れる」

「わかりました」

覚悟を決めて名前から書き込んでいく。じっと見つめられて緊張しつつもどうにか『妻になる人』の欄を書き終えた。

「緊張した〜！」

右手でパタパタと顔をあおぐと、「ハハッ、ご苦労さま。なかなか綺麗《きれい》な字だな。それじゃあ、こっちは約束の結婚指輪だ」とトンとテーブルに水色の小箱が置かれる。

これは私も知っている。大抵の女性は憧れるであろう、ニューヨークに本店がある有名ジュエリーブランドだ。

「開けてみたら？」

「あっ、はい」

小箱の中には同じく水色をしたケースが入っている。ケースを取り出し蓋《ふた》を開くと、想像どおりサイズの違う結婚指輪が二つ並んでいた。

「……本当に買ったんですか」

「買って帰ると言っておいただろう？」

たしかに私が日本に帰る前に電話でそんなことを言われたし、指輪のサイズも聞かれていた。けれどもまさか、こんな本格的なものだと思わないではないか。

「周囲へのカムフラージュにしては高級すぎますよ！」

「本当に結婚するんだからカムフラージュとは言わないだろう。それに女性は指輪にこだわりがあるそうだから、これくらいじゃないと満足しないだろう？」

なるほど、彼が付き合ってきた歴代の彼女たちのレベルが窺《うかが》える。しかし私には分不相応だ。

「いやいや、逆に贅沢《ぜいたく》すぎて引いてますよ。あなたの彼女はそういうのをもらい慣れてたかもしれないですけど、私はアクセサリーなんてもらったことがないし、ましてやブランド品なんて……」

「そうか、はじめてか。俺も指輪を贈るなんてはじめてだ」

——えっ？

「ほら、指を貸して」

言われるままに手を差し出すと、薬指に指輪がスッとはめられた。航希さんに促されるまま私も彼に指輪をはめる。

「うん、ぴったりだ」

彼はにっこり目を細め、結婚会見のごとく指輪をはめた手をかざしてみせる。

「ほら、君も見せてみろ」

私も彼を真似《まね》て顔の横で手をかざす。テレビでよく見るお約束のポーズが照れくさい。

「うん、いいな。いろいろ迷ったんだが、君の指には細身のリングが似合うと思ったんだ。お互いはじめての指輪か……はじめて同士でちょうどよかったな」

——はじめて同士……。

そうか、今まで誰にも指輪を贈ったことのない人が、契約とはいえ結婚相手としてちゃんと指輪を買ってくれたんだ。しかも忙しいなか私に似合うデザインを一生懸命選んでくれた。

心がぽっと温かくなって、この人と結婚するという実感が湧いてきた。

「ありがとう、ございます。はじめての指輪、嬉しいです」

「そうか、よかった」

——ああ、やっぱり華のある人だな。

彼の艶《あで》やかな笑顔が新年のニューヨークの景色と重なった。

『ハッピーニューイヤー』、『俺たちの契約成立におめでとう』。

花火と紙吹雪《ふぶき》の中で一瞬だけ交わしたキスが思いのほか熱くって、重ねた唇は柔らかくて……。

——いやいやいや、何を思い出してるの、私！

あれは新年の挨拶《あいさつ》だ、契約成立の勢いだ。特に深い意味などなくて、意識するほうがおかしいのだ。

「どうした？」

「あっ、えっと、この婚姻届の保証人二名はどうします？」

「君のご両親でいいだろう。ご挨拶をしたいから今すぐ連絡を取ってくれないか？」

「今すぐ⁉」

「そう、今すぐだ。それと俺たちは三ケ月前から付き合っていることになってるんだろう？敬語をやめて、俺のことも下の名前で呼んでくれ。ほら電話」

彼がソファの横に置いてある私のハンドバッグへと顎をしゃくる。私は渋々スマホを取り出すと、母の番号をタップしたのだった。

——電話の途中で航希さんに代わったら、勝手に会いに行く約束を取り付けちゃったんだよね。

かくして一週間後の今日、私たちは持参した婚姻届に両親のサインをもらい、今は遅めの昼食をとりながら質問攻めにあっている。

埼玉県北西部のこの町までは、彼の車でやって来た。片道一時間半の運転は大変だろうと電車を勧めたのだが、彼がドライブがいいと言い張ったのだ。帰国後すぐから出勤しているらしいし、かなりタフな人だ。

——けれども彼の提案は正しかったな。

先週マンションであらかた打ち合わせをしたのだが、正直どうなるかと不安しかなかった。それがここに来るまでの道中で彼がどんどん話題を振ってくれて、軽口を叩《たた》いているうちにあっという間に到着していた。お互い『航希さん』、『美緒』と呼び合うのにも慣れて、リラックスした状態で本番に臨むことができたのだ。

「ねえ、結婚するならお姉ちゃんの部屋を子供部屋にしてもいい？　今度時間があるとき片付けて……あっ、航希さん、お姉ちゃんの部屋を見てみます？　高校の卒業アルバムもありますよ」

「卒業アルバムか、美緒の制服姿に興味があるな。セーラー服？」

「残念！　お姉ちゃんはブレザーでした」

「ブレザーか。ネクタイかリボンかが重要だな」

美紀の言葉に航希さんがはしゃいでみせる。さすが外面《そとづら》大魔王だ。それにしても、いくら芝居にしたってノリがよすぎじゃないだろうか。

「お姉ちゃんの部屋は二階ですよ、どうぞどうぞ」

「ちょっ、美紀、私が案内するから！」

椅子《いす》から腰を浮かせた妹を制し、私は航希さんの背中を押すようにして階段へと向かった。


「――もう、悪ふざけが過ぎるって！」

「いや、ふざけてはいないんだが、楽しいご家族だな」

「航希さんが異様に馴染《なじ》みすぎなの。ナナまで手懐《てなず》けちゃうって、どれだけモテるんだって話ですよ」

「いや、犬だし」

「犬だけどメスだし」

お寿司が到着する前に二人で愛犬ナナの散歩をしたのだが、家人以外に懐かないはずのナナが航希さんに撫《な》でられた途端にしっぽを振って喜んでいた。私の家族を揃《そろ》ってメロメロにしたばかりか柴犬まであっという間に手懐けるのを見て、イケメンは種族を超えると学んだところだ。

「それよりも……卒業アルバムはこっちか？」

「うわ～、ストップ、絶対に見ないで！　馬鹿《ばか》にされるに決まってる！」

さっそく本棚を物色しようとする彼を慌てて止めた。高校時代の卒業アルバムなんて黒歴史でしかない。集合写真の後ろの列でニョキッと飛び出しているエンピツ頭。当時流行《はや》っていたアニメの影響で『ヤバっ、巨人が進撃してくる！』などと揶揄《やゆ》されたのは苦い思い出だ。

本棚の前に立ち塞《ふさ》がってガードしていると、航希さんが「まだそんなことを言っているのか」と眉間にシワを寄せた。

「だって……」

「ニューヨークで少しは変わったかと思ったが、卑屈《ひくつ》精神はそのままじゃないか」

「悪かったですね、私の卑屈は年季が入ってるんで」

航希さんは肩をすくめて背を向けて、私が学生時代から愛用していた『人を駄目《だめ》にするビーズソファ』に王様みたいに腰を下ろす。

この構図にデジャヴを感じて身構えたら、案の定彼がお説教モードに突入した。

「君はプライドが高いな。そして頑固だ」

「プライドが高い？　私が？」

「ああ、エベレスト級だ」

「プライドが高いなんて言われたことないですけど？」

そんなふうに言われたことなど一度もない。自分を卑下《ひげ》しすぎだとか卑屈だとかはこの人から散々言われたけれど。

「いや、高い。どうせ私なんてと言いながら、人から笑われるのは嫌なんだろう？　それがプライドって言うんだ」

この人の言うことはいちいち当たっているから癪《しゃく》に障る。

そうか、私はプライドの高い女だったんだ。卑屈で頑固でプライドまで高いだなんて、もしかして私は最低な人間なのでは!?

「……だっ、だったらあなただって、腹黒なのを隠してたじゃない」

「俺はちゃんと自覚しているし、戦略的にそうしているんだから問題ない。だから君からどう言われようがノーダメージだ」

——うわっ、開き直ってる！

「でもよかったじゃないか。少なくとも俺の前でだけは、プライドが高くて頑固なところを隠さなくていいんだから」

「人には隠しておきたいことだってあるんです」

「ハハッ。そんなの俺の前じゃ今さらだろう」

「だったらあなたもよかったですね。私の前では腹黒を隠さなくていいんだから」

途端に彼が破顔する。

「ハハハッ、ほら、やっぱり頑固だ。おまけに負けず嫌い」

——ぐっ、悔しい！

卑屈で頑固でプライドが高いのに、とうとう負けず嫌いまで加わった。

なのにどうしてだろう、彼との掛け合いを楽しく思い始めている自分がいる。

嫌味を言われるのも言い返した言葉にツッコミを入れられるのも不快じゃない。むしろ言いたいことを言ってスッキリしていて。

「……まあ、君が嫌だというものを無理に見る気はないが、見てもいないうちから馬鹿にすると決めつけられるのは心外だな」

彼の言葉にハッとする。

——あっ、私、すごく失礼だった。

自分でも変われたものと思っていた。職場で褒められて、コンタクトレンズに変えてみて。ちょっぴり自信がついて周囲との会話も増えて。それもすべて航希さんがおしゃれすることを教えてくれたからで、本気で呆《あき》れて叱《しか》ってくれて、真っ直《す》ぐな言葉で褒めてくれたからで……。

なのに私は今でも過去に縛られたまま。油断すると『エンピツ地味子』がひょっこり顔を出してくる。

「ごめんなさい、航希さんは私の容姿を馬鹿にしたことなんかないのにね。陰キャが沁《し》み込みすぎてて情けない」

年季が入っているなどと、開き直っていたのは私のほうだ。ニューヨークで彼がしてくれたことを無駄にしてしまったようで申し訳なく思う。首をうなだれしょぼんとしたら、彼がクスッと表情を緩めた。

「まあいいさ、俺は過去の写真なんか見なくても、これからの君を知っていけるんだしな」

「ふふっ、知っていけるって、契約妻に興味なんてないでしょうに」

「……えっ」

私の言葉になぜか航希さんがハッとして、それから頬を赤らめた。

「興味って……俺は……いやいや、まさか」

小声でぶつぶつ呟《つぶや》くと、「とにかく、君は俺が選んだ女性なんだ、もう少し自信を持て」といつもの上から目線で言ってのける。

「ふふっ、航希さんは自信ありすぎ」

「それくらいじゃなきゃ外交官なんて務まらないからな。こんな男が結婚相手で後悔しているか？　今さら嫌だと言ってもやめないが」

「……やめないよ」

私は後ろの本棚を振り返り、下の段から赤い背表紙のアルバムを抜き取った。集合写真のページを開き、ビーズソファの隣に腰を下ろす。

「ここにいるのが高校時代の私」

「……見ていいのか？」

「うん、見てほしい。ごめんね、私はたぶんこれからも、航希さんを失望させることがあるかと思う。だけど変わるための努力をするって誓うよ。航希さんといたらそうなれるような気がするんだ」

少しずつでもいい、勇気を出して前に進みたい。ニューヨークの街角で一歩踏み出したあのときみたいに。

「だからね、写真の頃の根暗な私と今の私、そしてこれから変わっていく私、ちゃんと見ていてもらえたら嬉しいな」

彼は私の顔をぼんやり眺《なが》めていたが、ハッと気づいたようにアルバムを受け取りページをめくる。

「ふふっ、仏頂面《ぶっちょうづら》ばかりでしょ。遠慮せずに笑っていいからね」

「笑わない……笑わないよ」

ゆっくり上げたその顔は、今まで見たどの表情よりも柔らかい。トクンと胸が高鳴って、心の奥の、もっともっと奥のほうがギュッとなる。

彼は瞳を細めると、再び写真に視線を落とす。

「背が高いから表情がよく見えていいな。おっ、今とメガネが違うのか。こちらを真っ直ぐ見つめる瞳がとても印象的だ。凛《りん》としていて美しいと思う」

「そっ、そうかな」

発した声が裏返った。

「ああ、まわりにいる男子の気持ちがわかるよ。この年頃は身長でも成績でも女子に負けたくないと意地になるもんなんだ。そして、気になる女子をいじめたくもなる。美緒は大人っぽくて目立っていたから好意の裏返しで揶揄《からか》われたんだろうな」

「いや、それはないから！」

「あるんだよ」

頭をくしゃっと撫でられる。

トッ、トッ、トッ……心拍数が急上昇だ。頭の中が真っ白で、何か言わなくてはと思うのに言葉が出ない。

勘違いするな、こんなのただのお世辞なのに、契約相手へのサービストークなのに。

「あっ……ありがとう」

ようやく一言絞り出し、続く勢いで「やっぱり航希さんは褒め上手だね」と茶化してみせた。

「言っておくがお世辞じゃないからな。俺はこれでも自分の目を信じてるんだ。自分が選んだ結婚相手を誇ったっていいだろう？」

「まっ、また、そういうことを言う！」

ああ、免疫のない自分が情けない。こんなとき自然な返しができる人間だったらよかったのに。映画の台詞《せりふ》みたいに『あなただって素敵《すてき》よ』だとか『まあね、イケてる妻を持ててよかったね』なんてさらりと言えたらどんなによかったことか。

脳内では妄想しまくりなのに、それを口にする勇気が出ない。それでも……。

「でも……嬉しい、です。ありがとう」

「ふはっ、どうして敬語」

「いや、その……」

どんどん顔が火照《ほて》ってきた。そのままうつむいていたら、彼の右手で顎をツイと持ち上げられる。目が合って、顔がゆっくり近づいて……。

「お姉ちゃ～ん、デザートのアップルパイがあるけど食べる～？」

階段の下から大きな声で呼びかけられて、二人の身体が磁石みたいに弾かれた。心臓がバクバクする。

「あっ、アップルパイ、そうアップルパイ！　うちのリンゴでお母さんの手作りで、その……」

あたふたする私を尻目に航希さんが立ち上がった。

「俺が先に行こう。君はその顔で来ないほうがいい」

「えっ、顔？」

彼が軽やかに階段を下りていったあとで、二階にある洗面台の鏡を覗《のぞ》く。

「その顔って、どんな顔……っ！」

鏡に映った私の顔は、耳まで真っ赤な完熟リンゴになっていた。

＊＊＊

「──美緒、ベッドとビーズソファは向こうの部屋に運んでもらったが、よかったか？」

「うん、ありがとう」

「奥さ～ん、書類にサインをお願いします」

「あっ、はい、今行きます！」

——奥さんって呼ばれた！

一月最終土曜日の今日、私は航希さんのマンションに引っ越してきた。このマンションに来るのは航希さんが帰国した日以来三週間ぶり、彼の顔を見るのは私の実家に行って以来の二週間ぶりとなる。

ちなみに実家の帰りに区役所の時間外窓口で婚姻届を提出してきたので、私が『亘美緒《わたりみお》』になってからも二週間経っていることになる。


「よし、荷解きはあとにして、何か食べにいくか」

業者を玄関で見送ると、航希さんが腕まくりしていたパーカーの袖を元に戻す。髪にワックスをつけず緩い服装をしている彼は、若干若く見えて新鮮だ。何を着てもどんな髪型でもイケメンに仕上がってしまうのはさすがだと思う。

朝から始めた引っ越しは、どうにか午前中に終えることができた。引っ越し業者には埼玉の実家からスタートして私が住んでいたアパート経由でここまで来てもらったのだが、元々荷物が少なかったことと、母や妹が実家の荷物をまとめておいてくれたこともあって、スムーズに運ぶことができたのだ。

「引っ越し当日は引っ越し蕎麦《そば》がお約束でしょ。大鍋を使ってもいい？」

持参してきた乾麺をエコバッグから取り出すと、「大鍋なんかないぞ」と聞こえて手が止まる。

「嘘《うそ》、それじゃあ中サイズの鍋は？」

「……電子ケトルとフライパンならある」

「えっ、今までパスタはどうやって茹《ゆ》でてたの？」

「いや、そもそも料理はほぼしない。当然調理器具も揃っていない」

帰宅時間が不規則なうえ海外と日本を行ったり来たりしている航希さんは、食事のほとんどを外食やコンビニ飯、冷凍食品で済ませているらしい。

たしかに食材を買い揃えたところで会食や残業が続けば腐らせてしまうのがオチだろう。最新式の電子レンジとコーヒーメーカーがあれば事足りるというのも納得だ。

しかしそれにしたって、最低限の鍋や炊飯器さえ無いとは想像の範疇《はんちゅう》を超えていた。

「ちょっと嘘でしょ！　私、ほとんどの調理器具を粗大ゴミに出してきちゃったんだけど」

目を剥《む》く私に彼が申し訳なさそうに頭を掻《か》いた。

「仕方がないだろう、こっちだって君が持ってくるものと思っていたんだ」

「私だってここに一式あるだろうと思って……この前立派なシステムキッチンが見えたし、私の道具は使い古しだったから始末しちゃえって……」

「完全なコミュニケーション不足だな」

お互い額に手を当て、ため息をついた。

ああ、大失敗。彼と会わない二週間のあいだ、メールで連絡事項のやり取りをしただけで、顔を見るどころか電話で話してもいなかった。

そもそも入籍してから今日まで日にちが空いてしまったのは、お互いとても、とーっても忙しくて余裕がなかったからなのだ。

航希さんは帰国と通常国会の時期が重なって、外交演説の起案や国会質問の答弁案作成で昼も夜もなく本省に詰めていたらしい。

私のほうはというと今月末で退職することになったので、残務整理と引っ越し準備の同時進行でやはり忙しくしていた。結婚退職の意向は昨年から会社に伝えてあったため引き継ぎはスムーズに進んだのだが、当初の予定と結婚相手が違うのだから、細かいところで齟齬《そご》が出る。

こういう行き違いを想定しておくべきだったのだ。

あちゃーと思いつつ乾麺の束を握りしめていたら、航希さんが私の手元を見つつ口を開いた。

「どうしても今日、蕎麦を茹でなきゃ駄目なのか?」

「蕎麦どころか今日は自炊を諦めた。私のミスでもあるんだし仕方ないね。何か食べに行こ」

「だったら引っ越し蕎麦は諦めなくてもいいぞ。虎ノ門《とらのもん》に美味《うま》い手打ち蕎麦の店がある。行くか？」

「手打ち蕎麦⁉　行く、行きたい！」

一気にテンションの上がった私は乾麺をキッチンカウンターの上に置き、いそいそと出掛ける準備を開始する。

「それじゃ、引っ越しの挨拶は帰ってきてからね」

部屋にコートを取りにいこうとしていた航希さんが、私の言葉でぴたりと足を止めた。振り返った顔は思いきり怪訝そうだ。

「引っ越しの挨拶って、このマンションでか？」

「うん、ここは二階の角部屋だからお隣さんと下の部屋の合わせて二軒だけ。ご挨拶の品はフェイスタオルにしたんだけど、相談したほうがよかった？　ちゃんと熨斗《のし》つきにしておいたんだけど」

「フェイスタオルは悪くないが、今どき引っ越しの挨拶なんてしないだろ」

「えっ、そうなの⁉　私、アパートで一人暮らしを始めたときに上下左右の住人に挨拶しに行ったよ」

「どこの下町だよ。俺は知らない人が突然訪ねてきてもドアを開けたりしないぞ」

まさかのこんなところでもカルチャーギャップ！　生まれつき都会暮らしの人間と田舎者で

は、こんなにも常識が違うものなのだろうか。

「そうか、やっぱり意見のすり合わせが大事だね」

「……引っ越し以上に疲れたな。とりあえず、すり合わせの前に食事に行ってもいいか？」

「うん、そうね、お腹がすいた……ふふっ、笑えるね」

「笑えるな」

二人でククッと肩を震わせながら部屋を出て、二人並んで蕎麦屋へ向かう。航希さんオススメの天ぷら蕎麦は、揚げたての桜エビの天ぷらとダシの利いたつゆの相性が抜群だった。どうやらカルチャーギャップがあっても食事の好みは合うらしい。

――そういえば引っ越しのバタバタで忘れてたけど、私の部屋でのアレって……。

蕎麦を啜《すす》る口元を見ていたら、うっかりあの日のことを思い出してしまった。

実家でアルバムを見ながら褒められて、彼の言葉が嬉しくて。それから顎を持ち上げられて目が合って、ゆっくり顔が近づいて……。

あのままいったら唇が触れていたんじゃないだろうか。美紀が声をかけてこなかったら、そして私がそのまま受け入れていたら……その先はどうなっていたんだろう。

それともそんなの気のせいで、私が意識しすぎなのだろうか。

――うん、意識しすぎなんだろうな。

だってあのあと彼はまったく普通だった。帰りの車内でも、区役所に行ったときさえ二度とそんな空気にはならなかった。時間外受付で婚姻届を提出して「よろしくお願いします」と言い合って、ただそれだけ。

——それだけの関係、ただの契約婚の、契約妻だ。

帰りに近所のスーパーで最低限の調理器具と食材を買って帰った私たちは、さっそく意見のすり合わせ作業に取り掛かった。ご近所への挨拶はひとまず保留とする。

ダイニングテーブルで横並びに座り、メモ帳代わりの白いコピー用紙を前に置く。航希さんが「まずは二年契約について」と呟きながら、右手でペンをクルリと回す。

「結婚生活は最低でも二年間続けること。二年後に君が契約終了か継続かを決める。これでいいな？」

これはニューヨークで最初に提案されたことだから納得済みだ。

二年間のお試し期間を経て契約解除したとしても、周囲には『性格の不一致』などともっともらしい理由が言えるし、結婚に懲《こ》りたと言えば二度と見合いを勧められたりもしないだろうという考えからだ。

逆に私が契約解除を申し出なければ、そのまま結婚生活は継続される。

「でも、これだと航希さんに拒否権がないよね。私ばかり得してない？」

「俺は……以前にも言ったとおりパートナーが必要だからな。君が継続を選んでくれるよう頑張るだけだ」

「そっ、そう……」

横からじっと見つめられ、なんだか妙に落ち着かない。そうか、彼は結婚継続を望んでいるのか。頑張るんだ、ふ～ん、そうなんだ。

「次に部屋割りだが、本当に俺が今の部屋をそのまま使っていいんだな。君が広いほうがいいと言うなら代わってもいいが、家具を動かす手間を考えると、できればこのままでいきたい」

「もちろん！　個室をもらえてむしろ贅沢《ぜいたく》なくらい」

このマンションは二十二畳のだだっ広いＬＤＫを挟んで両側に一つずつ洋間がある。十畳のメインベッドルームを航希さんが使っており、もう片方の八畳を私が使わせてもらえることになった。１ＤＫの狭いアパート暮らしだった身からすれば十分な広さ。リビングのソファで寝てもいいくらいだ。

「それと、食事は各々《おのおの》でいいな」

「えーっ、食事くらいは一緒にしない？」

「俺は料理をしないし、そもそも帰宅時間が不規則だ。待っていてもらうわけにはいかないだろ」

「料理なんて私がするよ、来月からは専業主婦になるんだし。帰る時間がわかったら連絡をくれると助かるかな、温かい料理はちゃんと温かくして出したいから」

私の実家は家族揃って食事をするのが当たり前で、私や妹が母の料理を手伝い、出来立てのホカホカなうちに『いただきます』と一斉に食べ始めるのが常だった。一人暮らしを始めたときには静かな食卓を寂しく感じたものだ。

「せっかく二人で住んでるんだし、航希さんが嫌でなければ一緒に食べたい。一人になりたいときはそう言えばいいし、私だって遅くて待てないときは先に食べさせてもらうし」

「……そうだな、俺たちに遠慮はないわけだし？」

「そうそう、あなたの毒舌にも耐性がついてきたし？　あっ、お互い挨拶はちゃんとしようね」

「小学校の学級会みたいだな」

ふはっと笑いながらどんどんルールを決めていく。家事は基本的に私がするが、手間ならサボればいいし業者に頼んでもいいと言ってもらえた。

食事は可能な限り一緒に食べる。お互いの部屋には勝手に入らない。機嫌が悪くても挨拶はちゃんとする。話しかけられたくないときにはそう宣言し、相手も空気を察して放置すべし。シャンプーやボディソープは好みのメーカーがあるため各々自分のものを使用、歯磨き粉は共有……。

「マンションの共益費や光熱費は口座引き落としだから気にしなくていい。ほかに必要なお金はカードを預けておくから自由に使ってくれ」

「そういうわけにはいかないよ。家賃としていくらか払うつもりだし自分の物は自分で買うし」

「お金の心配はしなくていい。これでも俺の年齢の平均年収よりはかなりいい給料をもらっているんだ、君に贅沢させるくらい余裕でできる」

彼の家は代々資産家らしく、祖父母が彼に遺してくれた遺産もあるという。

「遺産!? それこそ結構です。こう見えて私は株式投資をしているし、そこそこ貯金もあるの。あなたの経済的負担は最小限に抑えられると思う」

伊達《だて》に一生独身を覚悟していたわけじゃない。子供のときからお金を使うといえば本か映画くらい。あとは無駄遣いをせずコツコツお金を貯め続け、就職後に購入した大手銘柄の株ではそこそこの収入を得られている。

それは老後の生活のためであり、将来まわりに負担をかけないためであり、ひいてはそれが両親や妹家族のしあわせ、そして私の心の安定に繋《つな》がるというわけだ。

「まあ、それでまんまと結婚詐欺師のカモになったわけだけど。とにかく私は、結婚するからには全力で相手を支えたいと思って退職を決めただけなの。決して依存したかったわけじゃない。そういうわけで、あなたもその貢ぎぐせをやめて、いざというときのために貯金したほうがいいと思う」

東京《とうきょう》都近辺で介護付き有料老人ホームに入居しようと思ったら、入居一時金だけでも数百万かかる。無駄遣いは控えるべきだ……と力説しながら隣を見たら、航希さんが口をぽかんと半開きにしてこちらを見つめていた。

――はっ、熱く語りすぎてしまった！

いくら意見のすり合わせと言っても、いきなり曝《さら》け出しすぎだっただろうか。同居初日から変なところばかり見せてしまっている気がする。慌てて肩をすくめて口を閉じた。

「ハハッ、頑《かたく》なだな。だが美緒らしくていいと思う。わかった、だったら俺との共同生活で浮いたお金を自分磨きに使ってくれないか？」

「自分磨き？」

「そうだ。外国語の勉強を再開してもいいし、ワイン講座やテーブルマナー講座に通ってもいい」

会議室で話し合いをするだけが外交官の仕事ではない、むしろそこに至るまでの情報収集や懐柔工作が肝なのだと彼は言う。

「妻同士が親しくなれば相手の懐《ふところ》に入りやすくなる。それに伴い得られる情報も交渉の材料も増えていく」

そのためには身だしなみに気をつけるのはもちろん、新聞やニュースで世界の動きを把握したり、自国の文化に関する知識を身につけたりするといったことも必要だ……とつらつら述べる。

「君は着付けができるか?」

「浴衣は自分で着られるけれど、着物はできない」

「だったら着付けを習ったほうがいいな。自分で着られるだけでなく、海外のゲストにも着せられるレベルになっておくといい。今度着物を何枚か仕立てに行こう。これは無駄遣いじゃない、必要経費と言うんだ」

趣味や資格は多ければ多いほどいい。そこで人脈ができればさらにいい。興味があればなんでもやってみろ、そのためにかけるお金は無駄にならないと語る。

「俺には上司の力を借りなくても上に行けるだけの能力がある。実際それだけの仕事もこなしてきた。しかしそれだけではまだ足りないんだ。君には俺の仕事と人生、両方を支えるパートナーになってほしい。前に話しただろう? 君は俺が選んだ女性だ、きっとできる」

ようは彼に相応《ふさわ》しくあるよう、彼を支えられるよう全力で努力しろということだ。

――そうか、航希さんと結婚するということは、『外交官の妻』になるということなんだ。

私の言動が彼の仕事や出世に影響を及ぼすかもしれなくて、すなわちそれは、国の命運を左右する仕事に間接的に関わるということで。

わかっていたはずなのに、その重大さが頭からすっぽりと抜け落ちていた。今さらながら、彼が住む世界のシビアさと責任の重さ、そして自分の場違いさに気づいて怖じ気づく。

しかしもう引くわけにはいかない、私はすでに飛び込んでしまったのだから。

——仕事と人生を支えるパートナー……。

なんて素敵《すてき》な響きだろう、まさしく私たちの関係にぴったりの言葉じゃないだろうか。その重要な相手に私を選んでくれたことが単純に嬉しい。

ある程度決まったところで「改めて、今日からよろしく」と握手を交わす。

「私、頑張るね。外交官の妻として必要な知識は可能な限り身につけたいと思うし、あなたと並んで恥ずかしくない人間になりたいと思う。たとえ契約だとしても、結婚して夫婦になる以上、それなりの努力はすべきだと思うから」

「……そうか、ありがとう」

「こちらこそ？　私、まだまだ伸び代があるんで、いや、むしろ伸び代しかないっていうの？何か目標を作って努力することは、昔から得意なの」

「ああ、知ってる」

不意にふわりと微笑《ほほえ》まれ、胸のあたりがむず痒《がゆ》くなる。

「とっ、とにかく、いい奥さんになるから期待してて！」

「ふはっ、ああ、頑張れ。楽しみにしてる」

――ほら、また！

そんなふうに優しい顔を見せるから、こんなのもう、頑張るしかないじゃない。

窓の外が暗くなり、航希さんが自室で仕事をするからと席を立った。それでは私は夕食の準備を……とキッチンに歩き出したとき。

「ああ、そういえば」

声のほうを振り向くと、部屋のドアを開けた航希さんが半身《はんみ》でこちらを振り返っていた。

「あと一つ、決めていないことがあった」

「何？」

「セックスはどうする？」

「えっ」

突然の問いに言葉も出せずに立ち尽くす。

――どうしよう。

じつを言えば、このマンションで一緒に住むと決めたときからちらほら脳裏をよぎっていた問題だ。結婚するということは、普通であれば夜の夫婦生活、ひいてはその先に子作りも含まれて当然だろう。

けれど私たちは愛のない契約結婚。『普通』の夫婦生活に当てはめて考えるのは難しい。急に求められたりするのだろうか、そのとき私はどうしたら……とこっそり悩んだりもしたのだが、ついぞそんな話題になりもせず。

さっきルールを決めるときさえセックスのセの字も出なかった。こちらから聞くのもなんなので、『ああ、そういうのは抜きのシェアハウスみたいなものなんだな』と勝手に納得し、そこはあえて触れずにやり過ごそうと思っていたのだが……。

「美緒はどうしたい？　俺としては、君が望むならやぶさかじゃない」

——私が望むならって……。

「そっ、そんなのシませんから！」

「……そうか、俺としては無駄な体力を使わなくていいなら助かるがな。まあ、もしも必要なら言ってくれ。満足させることはできると思うから」

——無駄な体力って、必要ならって……！

「い・り・ま・せ・ん！」

両手で拳《こぶし》を握って大声を張り上げると、彼は「ハハッ、わかった。浮気はするなよ」と笑いながらドアの向こうに消えていった。

「最低っ！」

私はキッチンから踵《きびす》を返して自分の部屋に駆け込んだ。お気に入りのビーズソファに頭から勢いよくダイブして、顔を埋めて「わーっ！」と叫《さけ》ぶ。

——最低！　本当に最低！

私があんなに悩んだことも、航希さんにとってはたいした問題じゃなかったのだ。

彼にとってセックスは重要な意味を持っていなくて、同居している契約妻を満足させるための行為でしかなくて。

今頃自分の部屋でデスクに向かい、『ああ、面倒なことが回避できてラッキーだ』なんて思っているのに違いない。

——悔しい！　下品！　最低！

けれど、もっと最低なのは私のほうだ。彼の提案にドキンと胸を弾《はず》ませて、顔を真っ赤に火《ほ》照《て》らせて。一瞬答えを迷ったのは、その先を期待してしまったからじゃないのだろうか。なのに期待外れの彼の言葉に傷ついて、だからこんなに腹立たしくて……。

——だって彼が魅力的すぎるから。

嫌味で自信家で傲慢《ごうまん》で。けれど彼の言葉は真っ直《す》ぐで、弱い私の心を奮い立たせてくれる。

そのうえいっぱい褒めてくれて、輝くような笑顔を向けてくれて……。

——だから私は……。

「……いやいや、私はなんだっていうの」

駄目だ、今日は引っ越しで疲れているうえに同居初日で脳みそがバグっているらしい。

そうだ、腹を立てる必要なんてないのだ。私だって愛のないセックスなんてしたくない。こっちこそ面倒なことを回避できてラッキーだ。

「そうだよね、うん、ラッキー。本当にラッキーだ」

吐いた台詞がそのまま小さな棘《とげ》となり、胸の奥をチクリチクリと突き刺した。

＊＊＊

彼との新婚生活は想像以上に有意義だった。同居してからそろそろ二週間になるけれど、今のところはすこぶる順調、快適で仕方ない。

マンション周辺はオフィスビルが立ち並ぶ都会だが、最寄り駅には三つの路線が乗り入れているため都内どこへ行くにも早くて便利。近所の高級スーパーには珍しい海外の食材が置いてあるので、品揃えを見るためだけにしょっちゅう通っている。お高いから手は出ないけど。

マンションには最新式の設備が揃っているので家事もまったく苦ではない。お風呂の湯張りはタイマーで、洗濯機も食器洗い機も全自動。フローリングの床はお掃除ロボットが綺麗にしてくれる。

余談だが、浴室の壁に十二インチのテレビが設置されているのには驚いた。航希さんがわざわざ業者に依頼したものだと言うので、「どんな番組を観るの？　もしかしてコテコテの恋愛ドラマやバラエティも好きだったりする？」と興味本位で聞いたところ、「……有事の際に緊急ニュースをすぐにキャッチするためだ。スマホは浴室に持ち込みたくないからな」と言われてしまい、馬鹿《ばか》な質問をしたと後悔した。

そういうわけで、生活にゆとりができた私はいくつかの習い事を始めた。月曜日と水曜日が英会話、火曜日が着付け、木曜日が中国語で金曜日が料理教室だ。全部午後からのクラスなので午前中に家の用事を済ませることができるし、通えば通うほど自分がレベルアップしていくのが実感でき、ゲームの攻略みたいでワクワクする。退職したら時間が余ると思っていたが、毎日が充実しすぎて退屈する暇もない日々を送っている。

航希さんとの関係も今のところは順調だと思う。多忙な彼は定時に帰宅することはほとんどないが、夕方頃になると必ずメールで帰宅予定を知らせてくれている。料理は何を作っても『美味しい』と褒めてくれるし、時間があれば片付けを手伝ってくれる。

疲れているのか目の下に隈《くま》を作って不機嫌そうに帰ってくる日もあるけれど、そんなときでも必ず『ただいま』や『おやすみ』の挨拶を忘れない。

二人で決めたルールを守ってくれているのが嬉しいと思う。一般的には理想的な旦那様なんじゃないだろうか。

「うん、いい旦那様……なんだよね」

彼は同居初日のあのとき以来、セックスについての話題を一切してこない。それどころか接近自体を避《さ》けているように感じるのは気のせいだろうか。

ソファに座れば微妙に距離が空いているし、一緒に歩いても肩が触れ合うことはない。ダイニングテーブルでも二度と隣に座らなくなった。今の指定席は私の向かい側だ。

ニューヨークデートや私の実家訪問、引っ越し初日のルール決め。あのときはもう少し距離が近くはなかったか。手を握ってきたり顔を寄せてきたり、なんならキスだって……。

「……って、べつにそれでいいんだけど」

共同生活をするうえで一定の距離感は大切だ。これが健全な『契約結婚』の形なのだと思う。思うのだけど……。

「やっぱり幻滅されたのかな」

セックスをどうすると聞かれてシないと答えた。必要ならと言われていらないと言った。咄《とっ》嗟《さ》のことに狼狽《うろた》えて感情的な言い方をしてしまったことを、今はちょっぴり後悔している。

航希さんがしたのは至極真っ当な質問だ。異性間の同居で起こるべくトラブルを避けるための意思確認。ルール決めの一環だ。夫として必要な義務を果たそうともしてくれたのだろう。

——なのに私は幼稚だった。

どうしてあそこで『お互いその気になったらね』くらいのスマートな対応ができなかったのか。二十七歳にもなっている女が今さらもったいぶっているのかと、呆《あき》れられてしまったかもしれない。映画の台詞はいくらだって浮かぶのに、使いこなすだけのスキルが備わっていないのが情けない。

「それに航希さんだって、シたい日くらいあるだろうし」

彼は私に『もしも必要なら言ってくれ』と言ったけれど、彼だって大人の男性、そんな気分になることもあるだろう。欲求不満になったりしないのかな。私を結婚相手に選んで後悔していないかな。

——ほかの誰かとセックスしたりするのかな……。

「いや、いいんだけどね。向こうがシなくて助かるって言ったんだし、それ以外は順調だし？」

彼は絶対に浮気しないと言っていたけれど、風俗くらいには行くのかもしれない。

——行くのかな……。

「いや、そんなの私が口出しすることじゃないけどね」

あの日以来、そんなことをぐるぐる考えている。

これじゃあまるで、私が欲求不満みたいだ。


金曜日の今日、航希さんが帰宅したのは午後八時過ぎだった。今は予算審議の対応で大変みたいだが、航希さんの所属と違う課が担当しているため比較的早く帰れたらしい。

「——実家にメールしたよ。明日なら家にいるって、行くか？」

煮込みハンバーグの夕食を終えたところで航希さんがおもむろに聞いてきた。

「航希さんは大丈夫なの？」

「大丈夫も何も、俺の親に会いたいって言ったのは君じゃないか」

航希さんのご両親に挨拶をしたいと頼んだのは私からだ。入籍前にも一度聞いてはみたけれど、そのときは『両親とも忙しい』、『そういうのは必要ない』と言い切られてしまった。

家族の話もあまりしたくない様子だったため、そのまま触れずにきたけれど、今度は私の両親が『せめて先方のご両親にご挨拶をしておきたい』と言い出したのだ。

『航希さんもご両親も多忙なため、挙式も披露宴もしない。結婚のことは航希さんに一任されている』を言い訳に両家の顔合わせもせずに引っ張ってきたが、古い考えの両親にしてみれば一度くらいはと思っても仕方がないことだろう。

まずはその前に私が会っておきたいんだけれど……と航希さんにお願いしたのが一週間前。入籍して一ヶ月弱で、ようやく義父母との初対面が実現するというわけだ。

「――はい、よろしくお願いします」

「わかった。親にそう伝えておく」

「航希さん、私、頑張るから」

「……ああ、いや、無理はしなくていい」

表情が明るくないことから彼が乗り気でないのは明白だ。けれどその彼がせっかく決断してくれたのだ、せめてご両親の前で失礼のないよう頑張ろうと思う。

そのとき急にドアホンのチャイムが鳴った。正面エントランスに来客らしい。モニター画面を見た航希さんが「宅配便だ」と私を振り返る。

「こんな遅い時間になんだろうな」

解錠ボタンを押して航希さんが玄関に向かう。戻ってきたときには両手で大きな段ボール箱を抱えていた。

「大きい荷物だね。手伝おうか」

「いや、大丈夫。君の実家からだぞ」

「えっ、なんだろう」

キッチンの床にドンと置き、二人で箱を覗《のぞ》き込む。中にはたくさんのリンゴと小袋入りのお米、母お手製のリンゴジャム二瓶が窮屈《きゅうくつ》そうに詰まっていた。どうやら時間指定で荷物を送ってくれたらしい。

上に置かれた封筒の中には、母の細い字で『そろそろ生活が落ち着いた頃でしょうか。遅くなったけれど、結婚&引っ越しおめでとう。末長くおしあわせに。また二人で遊びに来てください』と書かれた手紙と姪っ子の美帆《みほ》が描いてくれた航希さんと私の似顔絵、そして挨拶に行ったときにみんなで撮った家族写真が入っていた。

真ん中に写っているのはナナに抱きつく私とぴったり寄り添う航希さん、二人揃ってこちらに満面の笑みを浮かべている。

不意に胸が詰まって熱いものが込み上げてきた。頬が震えて視界が滲《にじ》む。

「もう、お母さんったら恥ずかしいなぁ。お米もリンゴも近所の店で買えるのにね。こんなにあったって食べきれないし」

鼻をすんと啜《すす》り、早口でぶつくさ言いつつ荷物を床に出していく。目の前で大きな手のひらがリンゴをひょいと取り上げた。

「リンゴはジャムやパイにもできるんだろう?」

「そうだけど」

「だったら無駄にはならないさ。今度作ってやる。俺ならレシピさえ見ればできるはずだ」

「ふふっ、相変わらずの自信家」

「まあ、とりあえず今日は新鮮なのをそのままいただくとしよう」

彼がリンゴ一個を手にしたままシンクに向かう。しばらくしてからダイニングテーブルに運ばれてきた白い皿には、大きさが不揃いでいびつな形をしたリンゴが四切れ並んでいた。

「……航希さんって器用なはずなのに、皮剥《む》きは苦手なんだ」

「言っただろう、料理はほとんどしないって。文句があるなら食べなくていい」

彼は不服そうに唇を尖《とが》らせると、ところどころに赤い皮が残っているリンゴにフォークを突き刺し口に運ぶ。一口齧《かじ》ってから「ほら、味はいい！」と目を輝かせる。

「ふふっ、うちのリンゴは美味しいから。皮剥きはね、先に八等分してからのほうが簡単だよ」

「そうなのか。クルクル剥いていくものだとばかり」

「それは初心者だと怪我《けが》しやすいの。今度剥き方を教えるね。……うん、本当だ、甘くてジューシー！　これは『ふじ』だね」

私もフォークで一切れいただくと、彼が「だろう？」と我がことのように胸を張る。

「前にお祝い金をいただいてるのに、こんなふうに気にかけてくれるなんて優しいご両親だな。

この前も思ったが、君は本当に家族から愛されている」

──ああ、いい人だな。

さっき涙ぐんでしまったのは、ほんのちょっとの郷愁と、何も知らずに祝福してくれる家族への申し訳なさからだ。写真に写った私たちは、どこから見てもしあわせいっぱいのカップルで。まわりを囲む両親や妹夫婦も満足げに微笑《ほほえ》んでいて。

だけどごめん、この結婚は嘘《うそ》なんだ。私と航希さんは夫婦だけれど夫婦じゃない。それがなんだか悔しくて、悔しいと思っている自分が惨《みじ》めに思えて……。

──こんなこと、彼には絶対言えないけれど。

航希さんはこんな私の葛藤を知りはしない。けれど心の揺れを敏感に悟って彼なりに慰《なぐさ》めようとしてくれているのだろう。慣れない皮剥きは航希さんなりの思いやりだ。

「……私ね、実家がリンゴ農家なのが嫌だったんだ」

胸の奥底にあった心の澱《おり》がこぼれ出た。今まで誰一人、家族にさえも洩《も》らしたことのないわだかまり。けれど彼には聞いてほしいと思った。

「嫌って……家族のために結婚しようとしていた君が？」

「私はそんなにいい子じゃない。農家が嫌で、田舎が嫌いで逃げ出したの」

リンゴ農家の暮らしは地味で過酷で忙しい。親は年中無休で農園のお世話、収穫期になれば私と妹も駆り出され、カゴを片手にリンゴの木から木へと走りまわる日々。

多忙な親に遊びに連れて行ってもらうことも少なかったため、娯楽は自分で見つけるしかない。社交的で愛嬌のある妹は友達と出掛けることが多かったが、引っ込み思案な私はもっぱら家で本やテレビを見て過ごしていた。そのうちに映画が私の楽しみになり、キラキラした都会の暮らしや華やかな世界に憧れを持つようになって。

——ああ、ひたすらリンゴの世話をする毎日なんて嫌だな。こんないじめっ子だらけの田舎で一生を終えたくない。都会に行けばもっと私の能力を活かせる場所があるはずだ。

傲慢にもそんなふうに思っていた私は東京の大学に進学し、都内にある外資系の企業に就職した。本来なら長女の私が婿養子をもらって農園を継ぐべきなのだろう。しかし親は何も言わなかったし、大学の選択にも就職先にも一切の口を挟まなかった。

たぶん農家を継ぎたくないという私の気持ちを察していたのだろう。農家の仕事は同業者との助け合いや情報交換、農協との交渉もあるから社交性が必要だ。人付き合いが苦手な私には無理だと思われていたのかもしれない。

妹の美紀《みき》が家業を継ぐのに前向きなのも大きかった。美紀の彼氏は中学時代からの同級生で、農家の三男坊で自由な身。美紀はことあるごとに「私は勉強が嫌いだから、正吾《しょうご》くんと結婚したら一緒にリンゴ農家を手伝おうかな～」なんて言っていたし、私にも「お姉ちゃんは頭がいいから東京の大学に行くんでしょ？」と言ってくれていたのだ。

そうこうしているうちに美紀が授かり婚をして同居して、正吾くんが役場で働きながら農園も手伝ってくれることになって。

私はこれさいわいと、都内で念願の一人暮らしをすることになった。

なのに美紀から「リンゴ農園は私が継ぐからお姉ちゃんは好きなことをすればいいよ」と告げられたとき、嬉しい反面、家に必要のない役立たずだと言われているようで寂しくも感じてしまって。妊娠発覚からの結婚を手放しで喜ぶ両親の姿に、『いつもは常識や世間体にうるさいくせに……』なんて意地悪く考えたのを覚えている。

自分でもわかっている、あんなのただの幼稚な嫉妬だった。都会に行きたいくせに仲間はずれになるのは嫌だなんて、ずいぶん自分勝手な考えだ。

「――私が家を出るとき家族は申し訳なさそうにしていたけれど、私は自分のエゴを通しただけなの。これで家を継がなくて済む、心置きなく憧れの都会暮らしができる……って嬉しくて。そのくせ寂しくもあって、複雑な気持ちだった」

一人暮らしを始めた途端、急に足元の土台がなくなったみたいで心細くなった。親に甘えていた自分や自立することの大変さを実感した。そのときようやく家族のありがたみに気づいたものの、恩返しをする術《すべ》を知らず、なんとなく気まずいまま実家から足が遠のいてしまっていた。

「私にできることは、せめて実家に迷惑をかけないことだなって思って、老後のためにせっせと貯金してね。けれど、やっぱり田舎では『女のしあわせは結婚だ』みたいな考えが強くって。あとは航希さんに指摘されたとおり。家族に肩身の狭い思いをさせてるのかな、心配をかけてるのかな、だったら結婚しないとな……なんて考えた挙げ句、この有様《ありさま》」

自分の居場所がほしくて、親に一人前だと認めてほしくて焦《あせ》って結婚に飛びついたのだ。

けれどもこれは私が招いたことなんだ。結婚詐欺師に引っかかったのも、周囲に本当のことを告げられずニューヨークへ逃げたのも、航希さんの提案に乗ったのも。

――後悔したって今さらだ。

「私って嫌な女でしょ。前に航希さんに言われたとおり、卑屈で頑固でプライドが高くて……おまけに負けず嫌いで自分勝手なの」

「自分勝手なわけあるか。だったら家族のために結婚しようだなんて考えるはずがない。俺のためにも家事や習い事を頑張ってくれているじゃないか」

「それだって自分のためで……でもありがとう、私は航希さんと結婚できてよかったと思う。しあわせだよ」

契約結婚であろうとも、家族には『普通のしあわせ』を得た私の姿を見せることができた。今頃心から安心してくれていることだろう。

都内の一等地でマンション暮らし、金銭的に余裕がある暮らしができて、習い事もさせてもらえる。なんの束縛もされることのない自由で優雅で理想的な生活だ。

それに航希さんはパートナーとして私を大切にしてくれている。それは出会って今日までの短い期間でも十分伝わってきた。

私は恵まれている。とても、とってもしあわせだ。

――だから不満なんてないはずで……。

なのにどうしてだろう、言葉と一緒に涙が次々溢れてしまう。

「ふっ、ホームシックになっちゃったのかな。年末からいろいろありすぎて、ようやく一息つけたものだから気持ちが緩んだのかも」

「美緒……」

彼がゆっくり椅子《いす》から立ち上がり、テーブルをまわり込んで私のほうにやってきた。

「話してくれて、ありがとう」

後ろから肩越しに私を抱きしめると、「俺にはわかる、美緒は家族からちゃんと愛されているよ。それに君の居場所はここにもあるじゃないか」と耳元で優しく囁《ささや》く。低めの声が心の中に沁《し》み込んだ。

「俺の事情に巻き込んでごめん。でも、夫としてできるだけのことはするから。君の家族ごと大切にするから」

「うん、ありがとう。私も頑張る」

「俺も……美緒が結婚相手でよかった」

首筋に温かい唇が触れる。

――えっ!?

振り返ったそこには、じっと私を見つめる彼の顔。アーモンド型の瞳は熱を孕《はら》んでいるようで……。

「……キスは……キスならしてもいいだろうか」

「……うん、いいよ」

魔法にかかったかのようにスルリと答えていた。

頬を伝う涙の雫《しずく》を彼の舌先が掬《すく》い取る。目尻に軽いキスをして、次に唇に口づけられた。チュッと短い音を立ててあっという間に離れていく。

「もう一度」

少し掠《かす》れた囁きに、私は黙ってうなずいた。

今度は両手が顔に添えられて、ゆっくりと唇が重なった。さっきよりも強く押し当てられたそれは、同じ場所にとどまったまま私の吐息を奪っていく。喘《あえ》いだ隙間に舌が差し入れられた。

口内を舐《な》めまわされ、互いの舌が淫《みだ》らに絡む。

「ふっ、ん……っ」

舌先から甘い痺《しび》れが全身に伝っていく。はじめての感覚に理性が薄れ、意識が朦朧《もうろう》としてきたその瞬間、突然彼の熱が離れていった。

「ごめん……ありがとう」

——えっ。

彼が皿を手に持ちキッチンに向かう。手早く洗うと「おやすみ」と一言告げて、自分の部屋に入っていった。

＊＊＊

航希さんのご両親が住むタワーマンションは、虎ノ門《とらのもん》駅から徒歩三分、国会議事堂にも徒歩圏内という絶好のロケーションに位置する白亜の塔だ。

セキュリティが厳重で二十四時間対応のフロントサービスに警備員付き。ホテル並みの設備と対応が売りで、政治家や官僚が多く住んでいるらしい。見上げると碁盤のように並んだ窓が午後の日射しを反射してキラキラと輝いている。

航希さんと私はいくつもの監視カメラに写されながらエントランスを進み、高速のエレベーターで四十一階まで上がっていった。広い内廊下の壁にはおしゃれな間接照明が等間隔で灯っている。途中にある嵌《は》め殺しの窓からは、ビルが立ち並ぶ街を一望することができた。

——全然普通だな。

廊下をツカツカと歩く航希さんの後ろ姿をぼんやりと眺《なが》める。全然普通だ、平常運転だ。まるで何事もなかったかのように、彼はそれ以前と変わらぬ態度で私と接している。

——あのキスはなんだったんだろう。

あれはただの挨拶だったのかな。それとも欲求不満？　泣いていた私を慰めようとしてくれたのか、友愛の証なのか。

——あのとき感じた熱は、彼の顔に浮かんだ劣情は……一時の気の迷いだったのかな。

百戦錬磨の航希さんと違って、経験不足の私には彼の行動の真意など読み取れるわけもなく。

結局最後は『なんとなくそういう雰囲気《ふんいき》になった』と考え自分を納得させた。

けれどあれでわかってしまった。

——私は航希さんのことが好きだ。

ただの契約相手でも同居人としてでもなく、一人の男性として彼に好意を持ってしまった。

彼に頬の涙を拭《ぬぐ》われたとき、キスされたとき、嬉しくて全身の細胞が震えるのを感じた。もっとその先を望んで期待した。

――ああ、好きだな。彼とだったらこの先に進んでも……。

そう思ってしまったのだ。けれどこれは絶対口に出してはいけない感情だ。だって告げた途端に私たちの関係は終わってしまうから。

彼が求めているのは世間を欺《あざむ》くための仮初《かりそ》めの妻。束縛せず、邪魔をせず、都合のいいときだけ彼を引き立ててくれるパートナーなのだ。そこに愛など必要ない。

『なんでも言い合える間柄』だとか『隠し事のない関係』なんて、そんなのしょせん綺麗事だった。一方が邪《よこしま》な気持ちを持った時点ですでに秘密は始まっている。

こんなに優しくしないでほしい。もうこれ以上、私の心をかき乱さないでほしい。

けれど、もっと近づきたい。

……私の心は毎日揺れに揺れている。

「――美緒、もしも不快だと思ったらすぐに言ってくれ。その場で帰るから」

「えっ？」

廊下の突き当たりの部屋の前で、航希さんが振り返る。彼の言葉を聞き返す間もなく内側からドアが開いた。玄関に立っているのは航希さんに目元のよく似た美しい女性。この人が母親なのだとすぐにわかった。

「は、はじめまして！　私は航希さんと結婚させていただきました美緒と申し……」

「航希、あの人はいないわよ。今日は来られなくなったって。私と会うのが気まずいから来たくなかったの言い間違いだと思うけど」

私の言葉を遮《さえぎ》って、彼女は航希さんに向かって話しかける。

「……美緒、今日は母親だけになってしまったが、それでも構わないか？」

航希さんの問いに私は「はい」とうなずきつつも、なんだか不穏な気配を感じていた。


亘《わたり》家のリビングは航希さんのマンションに負けず劣らずの広さで、お義母《かあ》さまの趣味なのか白いヨーロピアン調の家具で揃えられた豪華な仕様になっていた。黒い家具でシックにしている航希さんの部屋とは正反対だ。

お城にありそうなアンティークの二人掛けソファに航希さんと私が座り、斜めに置かれた一人用の猫脚椅子にお義母さまが腰掛ける。目の前のテーブルに置かれたティーセットも見るからに高価そうだ。

「――それで？　後藤《ごとう》さんからお嬢さんとの婚約がなくなったと謝罪はいただいたけれど、あなたがほかの相手と結婚するとは聞いていなかったわよ」

——えっ⁉

慌てて隣に視線を向ける。航希さんは険しい顔で母親を見つめたままだ。

「ですから先日電話で伝えたとおりです。俺はここにいる彼女と結婚しました。挙式披露宴の予定はありません。以上です」

会話の内容といい口調といい、親子とは思えない雰囲気だ。二人のあいだにはひんやりとした空気が流れている。

「まぁ、私もあの人も今さらどうこう言える立場じゃないけれど……」

お義母さまの視線が今度は私に注がれた。

「リンゴ農家の娘さんですって？　あなた、外交官の妻は大変よ？　やっていけるの？」

「はい……ふつつかものですが、これから一生懸命学ばせていただきたいと思っています。お義母さまにもご指導いただきたく……」

「こういうのは元々の素養があってのことで、一朝一夕で身につくようなものじゃないの。やる気があるだけじゃ務まらないのよ、本当にわかってる？」

「母さん！　彼女は語学が堪能で、教養も品もある素晴らしい女性です。俺が妻にと望んだ相手を侮辱しないでください。それに……あなたたちに許可をもらう必要はない」

航希さんの語気を荒らげた反論に一瞬怯《ひる》んだ様子を見せたものの、お義母さまは「まぁいいわ、勝手になさい」と口の端を上げる。

「けれどあの人には自分で伝えておきなさいね。次の見合い候補を決めていたみたいで不満げだったから」

「美緒、行こう」

「えっ、航希さん⁉」

彼が私の手首を掴《つか》んで立ち上がる。

「帰るんだ。これ以上ここにいたって意味がない」

引っ張られるようにしてドアに向かう途中、背中に鋭《するど》い言葉が投げつけられた。

「航希、その子を選んだのは私たちへの当てつけでしょう。子供じみた嫌がらせはおやめなさい」

――えっ⁉

「美緒さんでしたっけ？　くれぐれも私みたいにならないようにね。亘家の男は情が薄いから」

「……行こう」

航希さんはグイと私の手を引くと、乱暴にドアを開けて外に出た。


「――悪かった」

立体駐車場から車を出したタイミングで航希さんが口を開く。

「あんなところに行くんじゃなかった」

「ううん、行きたいって言ったのは私だから」

それきり私は黙り込む。だってこれ以上口を開けば私は泣いてしまうだろう。

――泣くな、泣くな、泣くな！

だって本当に泣きたいのは航希さんのほうだ。私が泣けば彼のほうがもっと苦しむに違いない。親子なのに、母親なのに、どうしてあんな言い方をするのだろう。久しぶりに会った息子に対して、どうして『おかえり』も『お疲れ様』も言ってあげないのだろう。

――あんな再会、ひどすぎる。

そして私はご両親に歓迎されてはいなかった。予想していたこととはいえ、否定の言葉をダイレクトに浴びたのはかなり堪《こた》えた。航希さんが私と結婚した理由も……。

――泣くな、泣くな、泣くんじゃない。

唇をギュッと噛《か》みしめて、窓の外を流れる景色に目を向けた。


車内ではほとんど会話を交わさないままマンションに帰った。二人とも食欲がなかったため、それぞれシャワーを浴びてダイニングテーブルで向かい合う。

「驚いただろう？」

「……うん、少し」

「聞きたいことがあるんじゃないのか」

――ああ、自分でその話題を振っちゃうんだ。

聞きたいこと、言いたいことならたくさんある。私は答えが怖くて避けたのに、彼はみずからそこに触れてきた。もう隠す必要がないと判断したのか開き直ったのか……。

――それを聞いてもいいの？　私がそれを口にしたら、その答えを聞いたら、私たちはどうなるの？

しかし誤魔化《ごまか》したって仕方ない。聞こうが聞くまいが、どのみちもう昨日までの私たちではいられないのだから。勇気を出して、とうとう私は口を開く。

「……私を選んだのはご両親への当てつけだったの？　私と結婚したのは……親への嫌がらせのため？」

心臓がドクンドクンと痛いほどの拍動を伝えてくる。自分の声が震えているのがわかった。

――お願い、どうか否定して！

願いも虚《むな》しく彼はあっさり言ってのけた。

「母が言っていたとおりだ」

「……そう」

「さっき見てわかったと思うが、俺と両親は不仲でね。というよりも家族が家族の体《てい》をなしていない。それぞれ住む場所も違うし必要以外は連絡も取っていない」

そうか、そうだったんだ。私を選んだのは親への『当てつけ』で『嫌がらせ』だったのか。

「出世のために上司の娘との結婚を決めた。それが向こうの都合で立ち消えになって、父から次の見合いを勧められて。もううんざりだと思った」

上司の都合で振りまわされたくなくて、不仲な親の言いなりになりたくなくて。だから必死で私を口説いたというわけだ。『仕事と人生を支えるパートナー』なんて嘘ばかり。彼があんなに褒めてくれた私の能力も容姿も、じつは何一つ認められてはいなかった。

なにが『君がいい』だ、『運命の出会い』だ。私が親のお眼鏡にかなわない相手だと見越したうえで、あえて『そういう女』を選んだくせに。屈辱で全身が震え出す。羞恥《しゅうち》と悔しさと怒りがどんどん湧いてきた。けれど私の心の大半を占めていたのは悲しみだ。

「そう、わかった」

「わかったって……それだけじゃないだろう。俺を軽蔑《けいべつ》してるんだろう？　もっと怒ればいい。君にはその権利がある」

私は少し考えてからゆっくり首を横に振る。今さら責めたり怒鳴ったりしたところでどうなるというのか。元々私たちは契約結婚なのだ。彼の事情も愛がないことも承知のうえで同意した。ここに『親への当てつけ』という理由が一つ加わったところで大差ない。

——そう、彼はまた『言わなかっただけ』で騙《だま》していたわけじゃない。

「家族や周囲への見栄で結婚したかった私と、親への当てつけで結婚した航希さん。やってることは変わらないよ。私にあなたを責める資格なんてない」

「……全然違うだろ。君と俺とは全然違う。最低だ、傷ついたと責めればいいじゃないか」

「どっちだっていいよ」

そんなの今さらどうでもいいことだ。だだっ広いＬＤＫに沈黙が落ちる。重苦しい空気が続くなか、しばらくしてから航希さんが口を開いた。

「……どうする？」

「どうするって？」

「俺との結婚生活だ。もうやめるか」

——えっ。

「だっ、だって、契約が……」

「契約期間は二年だったが、君が離婚したいというなら仕方がないと思う。俺に止める権利はないからな。決定権は君にある」

——二年を待たずに契約破棄をしても構わないってこと？　権利って……私が権利を行使し

たら、航希さんは黙って従うの？　あなたはそれでいいと思っているの？

聞けばいいのに言葉にならない。なんでも話せる相手だと、お互い本音を打ち明けられる関係だと笑い合ったのはつい最近のことなのに。

――人との繋《つな》がりってこんなにも脆《もろ》いものなんだな。

私も馬鹿だ。ニューヨークでは嘘をつかれたとあんなに怒っていたくせに。今またこうして侮辱され、プライドを傷つけられたばかりだというのに……。

それより何より彼から離婚を突きつけられたことのほうがショックだなんて。嘘でもいいからさっきの言葉を取り消してほしいだなんて。

――あーあ、私はこんなにも未練がましい女だったのか。

「今さら決定権とか。ニューヨークで私が必要だって口説いたのは、ここまで連れてきたのはあなたじゃなかったの？　親に嫌がらせができたらもう用済み？　だから急に放り出すっていうの？」

「違う、君が必要に決まっている！　俺は……。いや、そうだな、君の都合も考えずに早計すぎた」

航希さんはあくまでも私の意見を尊重するというスタンスらしい。今すぐに答えを出せとは言わないが、どうしたいかゆっくり考えてみてほしい……と言われた。

「とにかく俺は君が望むようにする。もしもここに残ってくれるのであれば契約完了の二年後まではできる限りのことをするし、その後の補償もちゃんとするつもりだ。そのあいだ君は、俺のことを利用するだけすればいいから」

――二年後までは……って、航希さんの中では契約更新の可能性はゼロなわけだ。

尊重だとかゆっくり考えろとか、望むようにとか補償だとか。綺麗事を並べたところで私が不要と言われていることには変わりない。

――私は本当にただの契約相手でしかなかったんだな。

私はふらりと立ち上がり、テーブルに両手をついて彼を見据える。

「そうだよね。元々お互いの利害の一致で決めた結婚だもんね。利用し合えばいいんだよね」

出会い方やきっかけがなんであれ、結婚するからには互いを理解し合い、協力者としての親愛を育むことができると思っていた。

肩寄せ合って並んで歩き、一緒に泣いて笑って喧嘩《けんか》して、私たちなりの夫婦の形を築いていけたら……だなんて。けれど彼はそんなことを望んではいなかった。

――ああ、泣いちゃいそう。

こんなところで泣くものか。私は奥歯をぐっと噛みしめて、無言でその場をあとにする。そのまま自分の部屋に入ろうとして、最後に彼を振り返った。

「それでも私は……利用するよりも支え合いたかった」

急いで部屋に逃げ込んで、後ろ手でドアをバタンと閉めた。鍵を閉めるとビーズソファに突進する。涙がつくのも構わずに、ボフッと勢いよく抱きつき顔を埋めた。

「最低っ！」

航希さんの言葉に一喜一憂している自分が嫌だ。こんなにもショックを受けている自分が嫌だ。最後にあんな捨て台詞を吐いた未練がましい自分が嫌だ。

——調子に乗っていたんだろうな。

ここのところ彼との距離が急速に縮まっているように感じていた。心の憂いを打ち明けて、優しくされて褒められて。

だから私も欲が出た。航希さんのご両親に認めてほしい、もっと彼のことを理解したい、支えたい……だなんて。

「何をいい気になっていたんだろう。勘違いもはなはだしい」

自分だけは素顔の彼をわかっているとか理解者だとか、そんなのは相手に求められてこそ成立するものだ。

私がしていたことは一方的な気持ちの押し付けで、独りよがりな自己満足でしかなかった。

親の話題を彼が避けているって気づいていたのに、彼が一番触れてほしくないところだったのに。

私が土足で踏み込んで、自分で墓穴を掘ったのだ。

――勝手に欲を出して期待して、勝手に失望してるだけだ。

彼への恋心を自覚してドギマギしたり張り切ったりしていた自分を思うと、恥ずかしくて悔しくて大声で叫びたくなる。

こんな状況になってもなお、航希さんは私に決断を委ねると言う。私の気持ちを知らないとはいえ、利用するために一緒にいればいいだなんてあまりにも残酷だ。残酷で正直で無神経すぎる。

――けれどそれでも、今すぐここを飛び出そうとしない私も大概だ。

「……もうっ、未練たらたらじゃん」

涙でぐちゃぐちゃな顔のまま起き上がり、カーテンをめくって窓から外を眺めてみる。周囲のビルには灯りが煌々とついていて、夜だというのに空まで明るく照らしている。

憧れだった都会の空は、星があんまり見えなくて。

自分が途方もなく遠くまで来てしまったみたいで、なんだか無性に寂しくなった。

4、契約妻観察日記　Side航希

「行ってらっしゃい、気をつけて」

「ああ、ありがとう。行ってきます」

いつものように美緒《みお》が作った朝食を食べて、いつものように挨拶《あいさつ》を交わして家を出た。こうなると、『必ず挨拶をする』というルールがあることが、よかったのか悪かったのかもわからない。

日曜日の今日は休日出勤だ。国会会期中なのに加えて五月の連休中に与党議員の外遊が続くことから、スケジュール調整や書類作成など休日返上で作業をする必要に迫られているのだ。

――くそっ、こんなときに！

昨日とうとうパンドラの箱が開いた。美緒と実家を訪問した際、母が禁断の言葉を放ったのだ。

『航希《こうき》、その子を選んだのは私たちへの当てつけでしょう。子供じみた嫌がらせはおやめなさい』

『美緒さんでしたっけ？　くれぐれも私みたいにならないようにね。亘家の男は情が薄いから』

――あの言葉で美緒が傷ついて……。

「いや、傷つけたのは俺か」

散々甘い言葉で釣《つ》ったうえに、パートナーだ運命共同体だとのたまって習い事まで始めさせた。そうして彼女をやる気にさせたところで、今度は契約破棄を言い出したのだ。

完全な裏切り行為、怒りを買うのは当然だ。

実家に連れて行けばああなることは予測できていたはずなのに、心のどこかで美緒の強さと優しさに甘えていたのだろう。それでも彼女は俺を許してくれるんじゃないか……だなんて、どれだけ都合よく考えていたんだか。

計算高く生きてきたはずだったのに、狡猾《こうかつ》で賢い生き方を選んできたはずだったのに。仕事以外のことではこの有様《ありさま》。情けないことこの上ない。

――いや、違う。

俺がこんなふうになるのは美緒に関することだけだ。彼女のこととなると俺は自分を見失い、ただの愚《おろ》かな男になってしまうんだ……。

＊　＊　＊

新年を迎えてすぐ、ニューヨークのカウントダウンイベントを終えて自分のアパートに帰った俺は、大きな外交交渉を始めるときみたいな気持ちの高まりを感じていた。前代未聞の『契約結婚計画』がスタートするということ、計画実行のために好都合な女性と偶然にも出会えたこと、彼女にオーケーをもらえたこと。すべてが天の配剤みたいに感じていた。

——よし、やってやる。

日本に帰って俺の結婚を告げれば、局長も親もびっくりするに違いない。茫然とする彼らを前に、俺は満面の笑みで彼女を紹介してやろう。そして今まで培ってきた人脈と実力をフル稼働させて、出世への階段を駆け上がってみせるのだ……。

まるでゲームマスターにでもなったような高揚感と万能感。あのときの俺は降って湧いたような運命の出会いと、そこから思いついた自分の計画に酔っていたのかもしれない。

しかしこの異様なトキメキはどうもそのせいだけではないような気がする。

俺はシャワーを浴びて冷蔵庫からボトルの水を取り出すと、それを直飲みしながらソファに座った。ボトルをテーブルに置いてスマホを操作し、二日前に登録したばかりの美緒の名前をタップする。

『はい、七瀬《ななせ》です』

「亘《わたり》だ」

『こっ、こんばんは？　お久しぶり？　……です。先ほどは、どうもお世話になりまして』

――ハハッ、会話が硬い！

俺が知っているあの年頃の女性といえば、大抵が猫撫《な》で声で媚《こび》を売るか甘えてくるようなのばかりだった。電話番号を交換すれば、すぐに喜び勇んで連絡してくるし、下手をすると会ったその日に身体の関係を求めてくる。遊びでいいと言いながら、恋人気分でしつこくしてくる女性も少なくはなかった。

つまりこちらとしては売り手市場なわけで、俺のほうからしつこく迫る必要などまったくなかったのだ。美緒と会う前までは。

「ああ、先ほどはどうも。ちゃんと部屋まで帰れたのか心配だったんだ」

『全然問題ありませんでした。こちらこそ、ホテルまで送っていただいて申し訳なかったです』

真夜中に女性一人で帰らせるわけにはいかないので、ホテルのエレベーターホールまで着いて行った。このまま部屋へと考えなくもなかったが、彼女に対してそれは悪手だと判断してそのまま帰ってきたのだ。

「まだ寝てなくてよかったよ。どうしても君の声が聞きたくて」

『えっ、私の声が？　聞きたい？』

彼女の声が裏返った。想像以上の反応が新鮮すぎて、いたずら心が湧いてくる。

「ああ、さっき別れたばかりなのにな。でも、俺が日本に帰国するまで会えないわけだし、ニユーヨークでこうして電話するのも恋人らしくていいだろう？」

『こっ、恋……！　それで、わざわざ電話を？』

「駄目《だめ》だったか？」

『駄目じゃ……ないですけど』

動揺している姿が目に浮かぶ。もっと、もっと彼女を揺さぶりたい。

「君の指輪のサイズは？」

『八号ですけど』

「日本に行く前にこちらで買って帰る」

『いえいえ、そんな！　指輪とかアクセサリーはもらってもつけないですし、これ以上何かを買っていただく謂《いわ》れもないですし！』

「謂れって……結婚するんだから結婚指輪が必要に決まってるだろう」

『でも……』

急に思いついたことだったのだが、意固地な彼女にこちらもムキになった。絶対に買って帰ると心に誓う。

「好みのブランドは？」

『ないです』

――即答か。どこまで欲がないんだ。

「それじゃあ俺が適当に選んでおく。結婚指輪があったほうが周囲への既婚者アピールになるからな」

『既婚者アピール……たしかにそうですよね。わかりました、それでは折半で』

――はぁ、折半？

「馬鹿《ばか》か。結婚指輪は男が買うものだ」

『馬鹿!? 契約結婚なんだし、あなたばかりに負担をかけるわけにはいかないと思ったんじゃないですか。それを馬鹿って失礼じゃないですか？』

そうだろうな。俺だって女性にこんな暴言を吐《は》くのははじめてだ。自分でもびっくりしている。

しかしこれは意固地な彼女のせいだ。もうちょっと男性に甘えることを覚えたらどうなんだ。

なるほどわかってきた。見栄えがそれほど悪いと思えない彼女になかなか恋人ができなかった理由。高身長というだけでなく、この可愛《かわい》げのなさとバリアの分厚さのせいもあるんじゃないだろうか。

「俺の懐《ふところ》具合をご心配いただきありがとう。しかし指輪くらい俺にとってはたいした負担じゃない。君はせいぜい職場でしあわせアピールをするといい。とびきりの笑顔でな」

『とびきりの笑顔って……はっ、職場！ どうしよう、うまく演じられるか不安になってきました』

「元々結婚退職することになってたんだろう？　予定どおりなんだから問題ないじゃないか」

『それはそうですけど……やっぱり嘘《うそ》をつくのは緊張しますよ』

「そうか、頑張れ」

『頑張れって、他人事だと思って』

「いや、俺の妻のことだと思っているよ」

『つっ、妻!!』

――ふはっ、やっぱり彼女は面白い。

それからしばらくやり取りをしたところで、彼女のほうから『それではよろしくお願いします。おやすみなさい』と締めくくられる。

「ああ、よろしく。次は日本で会おう」

なんとなく名残惜しい気持ちで電話を切ると、スマホ画面をじっと見つめて余韻に浸る。胸の奥が温かくなり、なんとも言えぬ幸福感が湧いてくる。

――彼女に会えてよかった。

俺の計画に都合がよかったから。俺の毒舌にも屈しない強さを持ち合わせているから。飾らずに済んで気が楽だから。それに……こんなにもっと話したいと思える女性ははじめてだから。

花火の下でこちらを見上げた彼女の顔を思い浮かべる。不意にキスした瞬間の甘い衝動が蘇《よみがえ》ってきた。下半身が熱を持ち、ズクンと鈍い痛みを感じた。

——ホテルの部屋まで行ってしまえばよかったか。

「いや、駄目だろう」

キスまでは挨拶で納得できたとしても、そこから先は冗談で済まされない。契約関係にセックスを持ち込むかどうかは彼女の出方を窺《うかが》って慎重に判断すべきだ。

そもそもこれからするのは契約結婚、二年後に離婚するかもしれない相手と子作りするのは危険すぎる。

——托卵《たくらん》されてはかなわないからな。

絵美里《えみり》みたいなパターンだってある、迂闊《うかつ》に手を出さないほうが賢明だろう。うん、そうだ。

彼女には絶対に手を出さない。セックスしたいなら俺と別れてから好きなだけどうぞ……だ。

「なのに俺は、どうしてキスなんか……」

自分でもよくわからない。けれどそうしたくなったのだ。

「新年の挨拶と、あの場の雰囲気《ふんいき》。ただそれだけだ」

余計なことを考えるな。今はただ、目的に向けて着々と準備を進めるのみだ。

その翌日、俺は五番街の有名店でダイヤ入りの結婚指輪を買い求めた。これを見たときの彼女の反応を想像すると、知らずに笑みが浮かんでいた。

帰国後の俺は脳裏に描いた計画どおり、即行で行動を開始した。俺のマンションに美緒を呼び出し、あらかじめ入手しておいた婚姻届にサインをさせて指輪を渡す。

「なんのために出世したいんですか？」

いきなりそう聞かれたときには驚いた。

――なんのためにって？　それで何を得るのかって？　そんなの出世して上に行くためで、父親を見下してやるためで……。

そこでぷつりと将来のビジョンが途絶えていることに気づく。たしかに出世すれば自分が思うように仕事をしやすくなるし給料も上がる。地位も名誉も手に入れることができるだろう。

しかしそれが俺の欲しいものかと聞かれたら、自信を持ってうなずくことができない。

「それは……仕事で上を目指すのは当然のことで……物事を動かそうと思ったらトップに立つのが手っ取り早いんだ。後悔なんてしない」

もっともらしい言葉を連ねながら、自分がひどく間違ったことをしているような気になった。

幼い頃、まだ両親が今ほど険悪じゃなかったときは、父からよく仕事の話を聞かされたものだ。クリスマスプレゼントに地球儀をプレゼントされ、日本の場所を指さして、今自分たちが住んでいる国までの距離や、世界がいかに広いかを教えられた。

あのときに自然と外交官を目指したのではなかったか。自分も父親のように世界中を飛びまわり、母国である日本のために働きたいと思ったのではなかったのか。

——そうだ、外交官に憧れていたあの頃の俺はどこへ行った？　俺が難関の試験を突破して、世界に羽ばたいてまでやりたかったことはこんなことだったのか？

いつの間にか手段が目的と入れ替わっていたことに愕然《がくぜん》とする。そしてそれを数日前に会ったばかりの美緒から指摘されたことにも。

「わかりました。それじゃあ私は亘《わたり》さんと結婚して、ちゃんと役に立つことができるんですね。上司の娘さんとの結婚をまぬがれて、それでお役御免じゃないんですよね？」

「……ああ、断言できる。君は俺が見込んだ女性だ。君といればきっと俺は仕事を頑張れる」

「わかりました」

美緒が婚姻届に名前を書くのを見届けながら、『ああ、俺は想像以上にいい拾い物をしたのかもしれないな』と思った。

いや、違う。彼女はモノなんかじゃなくて自分の意志を持った一人の立派な成人女性だ。そしてこれから人生のパートナーとなる、俺の自慢の妻なんだ。

それから一週間後、揃《そろ》いの指輪をはめた俺たちは、俺が運転する車で片道一時間半の美緒の実家に赴《おもむ》いた。彼女の気が変わらないうちに外堀を固めてしまいたかったのと、俺の職場に妻帯者として書類を提出してしまいたかったからだ。

美緒の家族に俺が婚活パーティーに参加していたなどと思われているのは不本意だが、これも疑われないための口裏合わせだ、仕方がない。

……などと思っていたが、彼女の実家は想像以上に居心地がよかった。

美緒は家族にイメージチェンジを褒《ほ》められて、恥じらいながらも薬指の指輪を見せていた。そのまんざらでもない表情を見て、俺のほうも頬が緩んでしまったのを覚えている。

うん、やはりこの指輪にしてよかった。美緒の細い指にはこれが似合うと思ったんだ。

柴犬のナナの散歩も新鮮だった。転勤続きだった我が家ではペットを飼うことを許されず、犬の散歩なんてしたことがなかったから。ナナの左右に揺れる茶色いしっぽを眺《なが》めながら、美緒と並んで近所の田舎道を歩く。行き交う人々は顔見知りらしく、当然のように立ち止まっては挨拶を交わす。「入籍することになりました」、「夫になる人です」と紹介されるたびに見定めるような視線を向けられるが、俺が外交官だと知ると途端に称賛の声に変わる。

——ああ、彼女はこういうプレッシャーに晒《さら》されてきたんだな。

彼女は俺にとって救世主となったが、俺も彼女の役に立てているのだろうか。彼女の隣で夫として紹介されることが照れくさく、そして誇《ほこ》らしくもあった。

七瀬家の食事は全員揃って「いただきます」をするのがお約束だ。桶に入った高級寿司と、大皿にドンと盛られた煮物や揚げ物。心尽くしの料理を前に、互いの近況を語り合う。俺が退屈しないようにたびたび話題を振ってくれ、誰かの話に皆が耳を傾《かたむ》け相槌《あいづち》を打つ。温かくて賑《にぎ》やかで思いやりに溢れた食卓。

美緒が素直で優しい女性なのは、こういう家庭で育ったからなのだろう。

——ああ、美緒はこの家族の笑顔を守りたかったんだな。

過ぎるほどおせっかいで、自分の大切な人たちに全力で報おうとする姿勢、それはここでこうして培われてきたのだ。そしてこれが本来家族があるべき姿なのだろうと思う。

——彼女と結婚したら、俺もこの温かい輪の中に入るのか……。

俺も大事にしたい。彼女と彼女の大切な人々を笑顔にしたい、そう思った。


高校の卒業アルバムを隠す美緒は、相変わらず卑屈《ひくつ》で頑《かたく》なで。それでも俺のために変わろうとしてくれる姿に胸を打たれる。

「ごめんね、私はたぶんこれからも航希さんを失望させることがあるかと思う。だけど変わるための努力をするって誓うよ」、「写真の頃の根暗な私と今の私、そしてこれから変わっていく私、ちゃんと見ていてもらえたら嬉《うれ》しいな」。

——ああ、見るよ、見せてほしい。俺の手でもっと変えたいし、変わっていく君を見続けたい。アルバムに写る彼女はたしかに地味で野暮《やぼ》ったくて。けれども真っ直《す》ぐこちらを見つめる瞳が『私は負けない』という強い意志を伝えていた。凛《りん》としていて美しいと思う。

「美緒は大人っぽくて目立っていたから好意の裏返しで揶揄《からか》われたんだろうな」

「いや、それはないから！」

「あるんだよ」

美緒の頭に手を置くと、彼女が首をすくめてうつむいた。顔も耳も、完熟リンゴみたいに赤く染まっている。

——なんだよ、めちゃくちゃ可愛いじゃないか。もっとこういう顔を見せてくれたらいいのに。そうしたら俺は……。

触れたそこから痺《しび》れるような感覚が湧き上がる。くすぐったいような切ないような感情が、身体の中を駆け巡る。気づけば彼女の顎をすくい上げ、ゆっくり顔を近づけていた。

「お姉ちゃ～ん、デザートのアップルパイがあるけど食べる～？」

階下から呼ぶ声がなかったら、俺はどうしていたんだろう。首まで真っ赤なあの顔を、丸ごと食べてしまいたくなったんだ……と伝えたら、彼女はどうしていたんだろう。

新婚生活が始まると、さっそく俺たちは互いの育ってきた環境や価値観の違いに直面した。

俺としては食事は外食や出前で十分だし、家事にも手間はかけたくない。金で解決するならどんどん有料サービスに頼ればいいという『時は金なり』精神の俺と、家事はできるだけ自分で済ませ、可能な限り一緒に食事をしたいと言う美緒。

引っ越し蕎麦《そば》やら引っ越しの挨拶やら、カルチャーギャップに面食らう。そうか、共同生活をすると予期せぬところで齟齬《そご》が生まれるものなのだ。

けれど彼女は俺のオススメの蕎麦屋を気に入ってくれたし、桜エビの天ぷら蕎麦を美味しい美味しいと笑顔で完食してくれた。どうやら食事の好みは合うらしい。

生活ルールを決めていく過程で堅実家《けんじつか》の美緒に老後の在り方まで懇々《こんこん》と説教される。男に一方的に頼ることを善しとしない考え方に感銘を受けた。彼女らしくていいと思う。

——うん、悪くない。

こんなふうに顔を突き合わせて二人でじっくり話し合い、互いの意見をぶつけ合って。そうして何かを決めていくのは思っていたより楽しい作業だ。外交の駆け引きだとか勝ち負けとは違う、お互いがしあわせになるための歩み寄り、共に歩いていくための道しるべだ。

他人との共同生活なんて我慢と妥協の日々だと覚悟していたが、それどころかワクワクしている自分がいる。喩《たと》えるなら子供の頃に地球儀をクルリと回したときみたいな、新しい世界に飛び込むような感覚に、胸を躍らせている自分がいた。

「わかった、だったら俺との共同生活で浮いたお金を自分磨きに使ってくれないか？」

外交官の妻として必要な知識を身につけてほしいとお願いしたら、彼女は素直にうなずいてくれた。こんなことを言っている時点で俺は二年後に契約更新する前提でいたのだろう。彼女を外交官の妻として帯同し、一緒に海外で暮らす日々を思い描いていたのだ。

「私、頑張るね。外交官の妻として必要な知識は可能な限り身につけたいと思うし、あなたと並んで恥ずかしくない人間になりたいと思う。たとえ契約だとしても、結婚して夫婦になる以上、それなりの努力はすべきだと思うから」、「私、まだまだ伸び代があるんで、いや、むしろ伸び代しかないっていうの？　何か目標を作って努力することは昔から得意なの」

知っている。君は伸び代だらけで努力家で、もっともっと魅力的になれる女性だ。

——そして彼女をより魅力的にするのは俺がいい。

俺でありたい、と思う。

気づけば外が暗くなり、とっくに午後五時を過ぎていた。

「俺は自分の部屋で仕事をしようと思うが、君はどうする？」

「だったら私は夕食の支度を始めようかな」

「俺も手伝おうか？」

「いい、大丈夫。料理ができたら呼ぶから出てきてね」

ダイニングの椅子《いす》から立ち上がったものの、なんだかその場を離れがたい。ゆっくり自分の部屋へと歩きながら、抗《あらが》いがたい衝動が湧いてきた。

部屋のドアを開けたところで立ち止まり、顔だけ後ろを振り返る。

「ああ、そういえば、あと一つ決めていないことがあった」

「何？」

ドッ、ドッ、ドッ……と心臓が早鐘を打つ。

——どうする、俺。本当に聞くのか？

覚悟を決めて、えいっとそれを口にした。

「……セックスはどうする？」

どうにか言葉を吐《は》き出すと、美緒が「えっ」と呟《つぶや》き固まった。

——どっちなんだ？

激しく瞬《まばた》きを繰り返す表情からは、驚き以外の感情を読み取れない。

嬉しいのか、嫌なのか。受け入れるのか、拒否なのか。

焦《あせ》った俺は、取り繕うように言葉を重ねた。

「美緒はどうしたい？　俺としては、君が望むならやぶさかじゃない」

途端に美緒の眉が吊《つ》り上がった。顔がみるみる赤くなり、怒りの表情が浮かび上がる。

「そっ、そんなのシませんから！」

——失敗した。

一か八かの問いかけは凶と出た。彼女はそんなものを望んじゃいなかった。

徐々に心の距離が近づいているように感じていたから、今日があまりにも楽しかったから。

彼女もそう思ってくれているんじゃないか……だなんて。

——思い上がりもいいところだ。

心臓が鷲掴《わしづか》みされたようにギュッとなり、続いて羞恥《しゅうち》に襲われた。浮かれていた自分が、期待していた自分が恥ずかしい。みずから誘うのも断られるのもはじめてのことで、天より高い俺のプライドがそのまま去ることを拒ませた。

「……そうか、俺としては無駄な体力を使わなくていいなら助かるがな。まあ、もしも必要なら言ってくれ。満足させることはできると思うから」

「い・り・ま・せ・ん！」

「ハハッ、わかった。浮気はするなよ」

乾いた笑い声をあげながら、自室のドアをパタンと閉める。すぐさまパソコンデスクに駆け寄ると、椅子に勢いよく腰を下ろした。デスクに両肘をついて頭を抱える。

「最悪だ……」

君が望むならとかやぶさかじゃないとか。無駄な体力って、満足させるって……！

「俺は馬鹿《ばか》か」

いや、どこからどう見ても大馬鹿野郎だ。あの捨て台詞《ぜりふ》はなんなんだ、あんな言い方があるか、あんなの軽蔑《けいべつ》してくれと言っているようなものじゃないか。

そして何より、彼女に拒否されたことにショックを受けている自分がショックで仕方ない。

「彼女に手を出さないんじゃなかったのかよ」

なのに俺は、彼女が『うん』と言うのを期待していなかったか？　シないと言われてガッカリしたんじゃないのか？

自分は結婚にも愛情にも期待していない人間のはずだったのに。形だけの契約結婚なのに。

――もっと彼女といたい、もっと話していたい、キスをしたい、彼女に触れたい……だなんて。

「だって、美緒の近くにいて好きにならないなんて無理だろう？」

思わず吐いた自分の言葉にハッとした。

「そうか、俺は彼女に惚《ほ》れているのか」

愛のない結婚のはずなのに、二年後に離婚するかもしれない相手なのに。それでも俺は、彼女を抱きたいと……。

——いや、ただ身体が欲しいんじゃない。俺は彼女と本当の夫婦になりたいんだ。

いつの間にか俺は彼女を『契約結婚の相手』ではなく、『人生を共に歩む相手』として考えるようになっていた。そして今はもう、『愛する女性』として見てしまっている。

——今頃になって気づくなんて……こんなに好きになってたことを知るなんて……。

今さら二年縛りを後悔した。美緒とはずっと一緒にいたいし海外にもついてきてほしい。けれど気づくのが遅すぎた。彼女に契約結婚を持ちかけたのは誰でもない俺自身で、美緒はこの関係に愛もセックスも求めていないのだから。

「俺は本当に……大馬鹿ものだ」

そんなふうに気まずいことがありながらも、俺たちの新婚生活はそれなりに順調に進んでいった。

俺はいつも家事代行サービスに依頼していたのだが、美緒は家事全般を自分でやると言い張った。彼女いわく、乾燥機のおかげで洗濯物を干さなくていいので、それだけでも大きく負担が減って楽勝らしい。

掃除も料理も完璧で、俺から見たらプロの仕事と遜色ない。温かい料理を温かくして出したいという宣言どおり、俺が帰るタイミングで料理を仕上げてテーブルに並べてくれる。味ももちろん満点だ。

彼女が圧力鍋で作るビーフシチューは赤ワインとデミグラスソースで煮込んだ本格派。コクのあるソースと口の中でホロリととろける牛バラ肉が絶品で、これはレストランでも提供できるレベルだと思う。

おまけに美緒は非常に勉強熱心だった。外交官に関する本を買い漁《あさ》り、俺の業務やその妻の役割について一生懸命学ぼうとしてくれる。俺が早めに仕事から帰ったときは、付箋《ふせん》やマーカーで印をつけたページを開いて次から次に質問を浴びせてくる。質問の内容もなかなかいいポイントをついていて、彼女の地頭のよさを感じさせられた。

引っ越し当日に俺と交わした言葉も覚えていてくれたらしい。その翌週にはさっそく英会話と中国語、着付けと料理の教室に申し込みを済ませてきた。以前はフランス語も少し囓《かじ》っていたそうだが、今の世界情勢を鑑《かんが》みて今回は中国語にしたというのは賢い選択だと思う。俺は中国語は簡単な挨拶程度しかできないから、彼女が覚えてくれれば心強い。

料理に関しては美緒の腕前であれば習う必要がないと思うのだが、パーティー用に凝った料理も作れたほうがいいと考えてのことだそうだ。

自分で言っていたとおり、彼女は何か目標を決めて努力することに長けているのだろう。まさに伸び代だらけ、さらに賢く美しく、どんどん魅力的になっていく。

——美緒はまるでビックリ箱だな。出会いのタックルといい、その後の変身具合といい、ずっと驚きの連続だ。

詐欺師に騙《だま》された愚《おろ》かな独身旅行者だと思ったら、真面目で家族思いで夢見る乙女で。卑屈かと思ったら俺に堂々と説教する度胸があるし、倹約家で努力家で頑固者。そんなところが魅力的だと思う。

——ずっと一緒にいられたらいいんだが……。

しかし適度な距離は必要だ。今の関係を続けていくためには、恋愛対象として見ていると気づかれるわけにいかない。彼女に触れないように気をつけつつ、表向きは契約上のパートナーの顔を続けていくべきなのだ。

そんなふうにして同居してから十日ほど経ったとき、美緒から俺がずっと恐れていた提案がされる。

「実家の両親が、せめて航希さんのご両親に挨拶しておきたいって言ってるんだけど」

入籍前にも同じようなことを聞かれたし、美緒の実家に行ったときにも彼女の親に両家の顔合わせについて相談された。そのたびに『両親も自分も忙しい』、『うちはそういうのにこだわらない家庭だ』、『結婚については自分に一任されている』と言って誤魔化《ごまか》してきた。

それでも顔合わせくらいはしたいと考えるのが当然の親心だろう。

美緒としてはまずは自分が一度会っておきたいという。俺に父親が見合いを勧めていたと知っているだけに、この結婚に対する反応を気にしているのに違いない。

——美緒、正解だ。君の想像どおり、たぶんうちでは君は歓迎されないし、むしろ不快な思いをさせられるだけだ。

俺自身だってあの家にはもうずいぶん顔を出しちゃいない。用事があるときにメールで最低限のやり取りをするくらいなもので、次に会うのは絵美里と結納を交わすときだと思っていた。

美緒と婚姻届を提出した直後、父と母それぞれに『ニューヨークで知り合った女性と結婚した』とメールをしたが、父からは『勝手に何をしているんだ、そんな結婚は認めない』、母からは『父親に似て勝手なことばかりするのね。そんなに私を苦しめたいの？』と返事がきた。

父が自分のしていることを棚に上げて偉そうにしているのが笑えるし、母が何かと俺に父のことを重ねて嫌味を言ってくるのはいつものことだ。どうせ何を言っても平行線だから、それきり連絡は取っていない。

そんなところに美緒を連れて行けばどんな結果になるかは明らかだ。

——嫌だな、美緒が傷つけられるのは。

ちょっと前の俺なら構わず実家に乗り込んでいただろう。元々それさえ計画の一つだったのだ。親が勧める見合いを無視して違う女性と結婚し、素知らぬ顔で家に乗り込んで帰ってくる。それで美緒が傷つくとしても仕方のないことだ。彼女だって切羽詰まって契約結婚を選んだのだし、それに伴う代償を払うのは当然だろう。俺だってそれなりのものを彼女に与えるのだから……最初はそんなふうに考えていた。

今までずっと俺の人生の目標は出世することだったし、そのために利用できるものはすべて利用して生きてきた。自分の容姿や経歴、人間関係。結婚だって駒の一つにするつもりだったのだ。

なのに美緒と出会って大きく狂いが生じた。自分の感情を誤魔化すことなど平気なはずだったのに、ポーカーフェイスができなくなった。今となっては自分がしでかしたことを後悔しているし、あの頃の自分をフルスイングで殴りつけてやりたいくらいだ。

自分の溜飲《りゅういん》を下げるために彼女を利用なんてしたくない。俺の家庭のゴタゴタに彼女を巻き込みたくない。優しい美緒に、そして俺を温かく迎えてくれた美緒の家族には、悲しい顔をさせたくなんてないんだ。

——しかしこれ以上の引き延ばしは難しいか。

覚悟を決めた俺はとうとう実家に電話をし、母親に「妻と一緒に挨拶に行きたいと思っています。父さんと二人で日程を調整してもらえないでしょうか」と頼んでみた。

母に聞かれるままに美緒の素性を答えると、『こんな家に嫁入りなんて可哀想《かわいそう》に。まあ、玉の輿狙いならなんでも我慢できるのかもね』と言ってのける。母は浮気をした夫だけでなく、俺のことも恨んでいる。母いわく、『自分が大変だったときに寄り添うことなく逃げた裏切り者』なのだそうだ。

海外にいたときは多感な思春期に散々夫婦喧嘩《げんか》を見せられた。家には金切り声や皿の割れる音が飛び交っていて、俺はあの頃学校から帰ると自分の部屋に閉じこもり、ヘッドフォンで耳を塞《ふさ》いでいたものだ。そのくせ俺の学校行事には夫婦揃《そろ》って仲睦《なかむつ》まじそうに顔を出していたのだから笑ってしまう。俺の外面《そとづら》がいいところは親譲りなのだろう。

日本で高校生になってからは虎ノ門《とらのもん》の実家にいるのが嫌で、ほぼほぼ祖父母のマンションで生活していた。俺が大学受験を無事に乗り越えられたのは、祖父母が落ち着いて勉強できる環境を整えてくれたおかげだと思っている。二人の協力がなければ俺は外交官になれていなかっただろう。

寄り添わずに逃げたと言われればそのとおりだが、俺も母親に寄り添ってもらった覚えはない。愛人の元に走った父親も然《しか》りだ。血の繋《つな》がりこそあっても心の繋がりはもうないものと思っている。

──あの温かい家庭で育った美緒に俺の家のことを知られたくない。彼女に逃げられたら、俺は……。

「お願いだから彼女に余計なことを言わないでほしい。本当に優しくていい子なんだ。大事にしたいと思っている。だからどうか、よろしくお願いします」

両親の外面のよさと美緒の優しさに一縷《いちる》の望みをかけて、対面の日を決めた。


俺の実家を訪問する前日、美緒の実家から宅配便が届いた。中に入っていたのはリンゴやお米や手作りのジャム。同梱されていた封筒には手紙や写真が入っていた。俺たちも写っている家族写真を手にして美緒が瞳を潤《うる》ませる。

「もう、お母さんったら恥ずかしいなぁ。お米もリンゴも近所の店で買えるのにね。こんなにあったって食べきれないし」

そんなふうにぶつくさ言いながらも、彼女の表情からは家族への愛情や郷愁が見てとれる。

──寂しいのかな、それとも俺との結婚を後悔しているのか……。

咄嗟《とっさ》にリンゴを手に取りシンクに向かう。下手くそながらも皮剥《む》きにチャレンジしてみた。

これが正解なのかはわからない。本気の女性への愛情表現の仕方なんて知らないし、セックスも高級品も望まない美緒に俺が与えられるものなんて何もない。それでもじっとしているなんてできなかったし、彼女のために何かをせずにはいられなかったのだ。

指を切り落としそうな恐怖に耐えて、どうにかリンゴ一個を捌《さば》ききった。大きさが不揃いでいびつな形のそれを美緒に笑われてしまったが、彼女を笑顔にできたのだから大成功だ。

皿にあったリンゴを食べ終えた頃、美緒が「私ね、実家がリンゴ農家なのが嫌だったんだ」と呟いた。続いて田舎への想いや家族への気持ちを語りだす。ずっと彼女の心にわだかまっていたものだったのだろう。全部言い終えた頃には、彼女の瞳からポロポロと涙がこぼれていた。

「ふっ、ホームシックになっちゃったのかな。年末からいろいろありすぎて、ようやく一息つけたものだから気持ちが緩んだのかも」

「美緒……」

彼女の涙を見た途端、俺の心の防波堤が崩れ落ちた。

——好きだ、愛しい、慰《なぐさ》めたい。

いろんな気持ちが溢れ出し、美緒に向かって一直線に流れていく。気づけば椅子から立ち上がり、背後から彼女を抱きしめていた。

「話してくれて、ありがとう」

俺と出会ってくれてありがとう。結婚してくれてありがとう。君のことを聞かせてくれてありがとう。もう泣かないで、君の居場所はここにある。

「俺の事情に巻き込んでごめん。でも、夫としてできるだけのことはするから。君の家族ごと大切にするから」

――だから叶《かな》うのであれば、これからも俺と一緒にいてくれないか？

美緒の白い首筋に口づける。振り向いた彼女と目が合った。揺れる瞳が彼女の動揺を表している。

「……キスは……キスならしてもいいだろうか」

「……うん、いいよ」

泣き顔の彼女も美しい。頬に光る雫《しずく》を舐《な》め取って、目尻に、そして薄い唇に口づけた。もう止められない。

「もう一度」

吐息混じりの懇願に、美緒が黙ってうなずいてくれた。両手で彼女の顔を固定して、今度は深くて長いキスをする。舌を差し入れても彼女は抵抗しない。それどころかくたりと力を抜いて俺に身体を傾《かたむ》けてくる。

「ふっ、ん……っ」

舌先が触れ合い美緒が甘い息を洩《も》らす。その瞬間、俺のなけなしの理性が警笛を鳴らした。

——駄目だ、ここで勢いのまま先に進んだら、俺は正真正銘のクズになる！

美緒がホームシックで寂しくなっていたところにつけ込むような真似《まね》はしたくない。それにベッドに誘って再び断られでもしたら、俺はもう彼女に普通に接することができないだろう。

「ごめん……ありがとう」

皿を洗うと目も合わさずに、「おやすみ」と自分の部屋に逃げ込んだ。すぐ隣のリビングに取り残してきた彼女の気配を感じながら、俺はベッドで己の下半身に手を伸ばす。

「は……っ、美緒……」

右手のスピードを速めると、先走りがグチュグチュと粘着質な音を立て始めた。お腹の底から吐精感が迫り来る。

「くっ……出るっ！」

——美緒、俺は君を……っ。

白濁液をティッシュで受け止めながら、己の愚かさを痛感する。

俺は自分のことを計算高く冷静に動ける人間だと思っていたが、そうでもなかったらしい。

それどころか美緒に触れたい欲を抑えきれず何度もキスをした挙げ句、今は彼女を思い浮かべてこんなことまでしてしまっている。

「……もう限界かもな」

俺はいつからこんなに臆病になったんだろう。出世のためにはどんな手段も厭《いと》わなかった俺が、自分の計画に迷いを感じ始めていた。

翌日、虎ノ門《とらのもん》のマンションを見上げる美緒の顔は緊張感に満ちていた。この四十一階にある2LDKの部屋に、母が一人で住んでいる。今日はしばらくぶりに父親も来ているはずだ。

俺のほうはというと、ここに来るまでにほぼほぼ気持ちが固まっていた。昨夜一晩考えた末に、美緒に告白しようと決めたのだ。もちろんすぐに振り向いてもらえるとは思わない。俺は出会ったときからずいぶん失礼な言動を繰り返してきたし、中途半端にキスをしたり逃げたりで呆《あき》れられていることだろう。

だから今日、両親に美緒を紹介したら帰りにデートに誘おうと思う。そこで俺がどんな生き方をしてきたか、どんなにひどい男だったかを正直に全部打ち明けて、そのうえで気持ちを伝えたいと思うのだ。順番が違ってしまったけれど、これから恋人として二人の関係を始めたい。まずは俺を一人の男として見てほしい、そしていずれは俺と恋をしてもらえないだろうか……と。

——両親との対面はそのためのケジメだ。

俺のために『頑張る』と言ってくれた美緒のために、俺も頑張ってみよう。長年避《さ》けてきた両親と正面から向き合って、彼女の魅力をわかってもらう。それでも決裂してしまった場合には、両親と縁を切って美緒との家庭を大切に守っていくだけのことだ。

今日のこの日を禊《みそぎ》としよう。そうすればきっと新しい自分になれる、美緒と心を通わせることができる……そう考えていたのだが。


蓋《ふた》を開けてみれば、両親と向き合うどころか父は実家に顔を出してもくれなかった。自分の意に沿わない一般庶民の娘には会う価値もないということなのか。いや、母が言っていたとおり、家に帰って延々と嫌味を聞かされるのが嫌で逃げただけなのかもしれない。

いずれにしても、望まない相手とはいえ息子と嫁が揃《そろ》って挨拶に来ているのだ。それさえドタキャンする神経が信じられないし、美緒に対して失礼にもほどがある。いきなり出鼻をくじかれて暗澹《あんたん》たる気持ちになった。

母の対応も最悪だ。電話であれだけ頼んでおいたにもかかわらず美緒の挨拶を無視するし、こともあろうに彼女の前で後藤局長や絵美里の名前を出してくる。俺たちの結婚を祝福する気がないという意思表示だ。美緒に向かってネチネチと嫌味を言い始めた時点で、母とはわかり合えないと理解した。

「美緒、行こう」

美緒の手首を掴んで立ち上がる。早歩きでドアに向かう俺たちに、母の渾身の捨て台詞が投下された。

「航希、その子を選んだのは私たちへの当てつけでしょう。子供じみた嫌がらせはおやめなさい。……美緒さんでしたっけ？　くれぐれも私みたいにならないようにね。亘家の男は情が薄いから」

――やられた！

これ以上ない嫌がらせ。俺が美緒の前でもっとも言われたくない言葉をピンポイントで選択してきたあたり、あの人のねちっこい性格が滲《にじ》み出ている。

そしてそれ以上に俺を打ちのめしたのは、母の言葉が真実だということだ。今の俺の気持ちがどうであれ、最初の目的が不本意な結婚の回避と親への意趣返しだったという事実は動かない。

『親への当てつけ』、『子供じみた嫌がらせ』、まさしくそのとおり。

そしてそのために美緒を利用しようとした情の薄い男が俺なのだ。

――誰よりも最低なのは俺だった。

美緒の弱みにつけ込んで契約結婚を承諾させた。彼女の向上心や今までの努力さえも己の出世の道具にしようとした。

夫婦の枠に押し込んでおいて、その中で好きにしろ、けれど愛は与えない……だなんて、そんなことをよくも言えたものだ。そんなの俺の父親がしていることと同じじゃないか。あんなに軽蔑して嫌っていたくせに、しょせん血は争えないということか。

親に会わせることがケジメだって？　禊になるって？　そんな自分勝手な解釈で許されるものか。助手席の彼女を見てみろ、こんなにも悲しい顔をさせたのはおまえ自身じゃないか。

——好きになったから、君も今までのことを水に流して好きになってくれ……だなんて傲慢《ごうまん》だ。

今さらどの面《つら》さげて好きだなんて言えるんだ。言えるはずがない。その権利もない。

自分がしてきたことを棚に上げて、デートだ告白だと浮かれていたことが恥ずかしい。

いざとなったら親と縁を切ればいいって？　そんなことをしたって意味がない。

だって俺は正真正銘あの夫婦の息子で、アイツらの冷徹な血をしっかり受け継いでいるのだから。

無言でマンションへと車を走らせながら、美緒の実家を思い出した。家族全員で囲む食卓と『いただきます』。のどかな景色と犬の散歩、すれ違う人々との立ち話。引っ越し先には粗品を持って挨拶に行き、家で茹《ゆ》でた引っ越し蕎麦を食べる。昔ながらの習わしや伝統を大切にして、それを引き継いでいく。常識的で温かく、思いやりに溢れた家庭。

それが美緒にとっての当たり前で、理想の家族の姿なんだ。

——そんなもの、俺は持ち合わせちゃいない。

俺には彼女が求める温かさも思いやりも常識もない。じつの両親ともあのざまだ。

――彼女は俺とは違う。俺の愚《おろ》かな計画にこれ以上巻き込んではいけない。美緒はこちら側に引き込んでいいような人間じゃなかったんだ。

契約とか二年縛りとか関係ない。もっと早く、今すぐにでも美緒を解放してあげるべきだ

……そう思った。

マンションに戻ると覚悟を決めてダイニングテーブルで向かい合う。

「――母が言っていたとおりだ」

「そう、わかった」

俺を責めるでも咎《とが》めるでもない美緒の姿が、逆に彼女の深い悲しみと落胆を表していた。いっそ罵倒《ばとう》してくれたほうがまだマシだ。

「わかったって……それだけじゃないだろう。俺を軽蔑してるんだろう？　もっと怒ればいい。君にはその権利がある」

「家族や周囲への見栄で結婚したかった私と、親への当てつけで結婚した航希さん。やってることは変わらないよ。私にあなたを責める資格なんてない」

――馬鹿を言うな。君と俺が同じわけがない。君は愛されることも愛することも知っている

人間だ。そして俺と違って誰かにちゃんと愛される資格を持っている。

「……どうする？」

「どうするって？」

「俺との結婚生活だ。もうやめるか」

『もうやめる』じゃなくて『やめるか』と疑問形にしたのは、女々《めめ》しくも彼女と別れる踏ん切りがつかないからだ。この期に及んでも美緒が契約結婚の継続を望んでくれるなら……だなんて、彼女に判断を委ねるところが我ながら未練がましいと思う。

「今さら決定権とか。ニューヨークで私が必要だって口説いたのは、ここまで連れてきたのはあなたじゃなかったの？　親に嫌がらせができたらもう用済み？　だから急に放り出すっていうの？」

「違う、君が必要に決まっている！　俺は……」

――俺は君のことを好きになってしまったんだ！　ずっと一緒にいたいんだ！

けれど今さらどの面さげてそんなことを言えるんだ。君はズルくて嘘つきな俺を軽蔑しているんだろう？　俺と結婚したことを後悔しているんだろう？

それでも愚かな俺は彼女の言葉に縋《すが》りつく。美緒を自由にすべきだという自分と引き止めたい自分。相反する気持ちが心の中でせめぎ合い、中途半端に『そのとき』を引き延ばすことを選ぶ。

「……いや、そうだな、君の都合も考えずに早計すぎた。今すぐに答えを出せとは言わないが、どうしたいかゆっくり考えてみてほしい」

死刑の執行が猶予された。せめてこれから二年間、彼女は契約終了まではここにいてくれるのだろうか。だったら俺はなんでもしよう。そしてその後は彼女を自由に……。

美緒がゆらりと立ち上がり、テーブルに両手をついて俺を見据える。

「そうだよね。元々お互いの利害の一致で決めた結婚だもんね。利用し合えばいいんだよね」

無言で部屋へと歩き出し、最後に俺を振り返る。

「それでも私は……利用するよりも支え合いたかった」

パタンとドアが閉められて、二人のマンションが沈黙に包まれた。

＊＊＊

「――本当に俺はクソ野郎だな」

憂鬱《ゆううつ》な気持ちで外務本省へと歩きながら、昨日の出来事を振り返る。最後に美緒が放った言葉と今にも泣きそうな表情が頭から離れない。彼女にあんな顔をさせたのは俺だ。

彼女が新婚生活に抱いていた夢や憧れを木っ端微塵《みじん》に打ち砕いた。結婚詐欺に騙され傷ついていた心に、素手でグリグリと塩を塗り込むような真似をしたんだ。

――彼女はあんなに頑張ってくれていたのに。

今思えば、遅かれ早かれこうなるのは避けられなかったのかもしれない。全部晒《さら》したと言いながら、一番醜《みにく》い部分を隠したままでいたんだから。

ニューヨークで格好をつけて口説いておいて、実際はこんな男だったのかとガッカリされるのが怖かった。本当は自分のことしか考えていない狭小な男で、親への反抗期が抜けきっていない幼稚な人間で。今になってそのメッキが剥《は》がれただけのことだ。

――その結果、彼女の信頼を失った。

今朝も美緒は普段どおりに朝食の準備をしてくれて、「おはよう」と「行ってらっしゃい」の挨拶までしてくれた。あんな出来事があったのに、それでも結婚当初のルールを守ろうとする健気さに胸が痛む。

――一体どんな気持ちで俺を見送ってくれたのか……。

中央門で職員カードをかざして庁舎へと向かう。ここから先は仕事の時間だ、休日とはいえ外務省職員としての公務が待っている。

俺は大きく深呼吸をすると、スーツの襟を正して廊下を進んだ。

仕事を終えたのが昼ちょっと過ぎ。すぐに帰れば美緒と一緒に昼食をとれるのに、俺はあえて近くのカフェでサンドイッチを食べるという選択をした。マンション以外の場所で自分の気持ちを整理したかったたし、何より今の状況で美緒と向き合うのが怖かったのだ。

『帰宅は午後二時頃になると思う。昼食は必要ない』

『わかった』

短い返事からは彼女の感情を読み取れない。

――帰ったら即行で別れを切り出されるかもしれないな。

そう考えたらコーヒーもサンドイッチもまったく味がしなかった。

カフェを出て重い足取りで家に帰り、マンションの玄関を開けてすぐに異変に気づく。いつもの出迎えがなく、やけに室内がシンとしている。もしかしたら自分の部屋に引き籠《こ》もっているのかもしれない。

昨日の今日だ、朝玄関で見送ってくれただけでも感謝しなくては……そう思いながらシャワーを浴び、スウェットの上下に着替えて居間へと向かう。キッチンのほうを覗《のぞ》き込んだところで、ダイニングテーブルに置かれている白い紙に気がついた。

――まさか……。

嫌な予感がする。慌てて駆け寄ると、案の定それは美緒からの手紙だった。

『ごめんなさい。少し一人で考えたいので実家に帰ります。冷蔵庫に茹でたお蕎麦が入っているので小鍋の麺つゆを温めて食べてください。　美緒』

――ごめんなさいって、実家に帰るって……。

「嘘だろ」

いや、こうなる予感はあったのだ。なんなら昨夜の時点でこうなっていても、おかしくはなかった。

――このまま帰ってこないかもしれない。

心臓がバクバクと痛いくらいに拍動し、全身が総毛立つ。手紙を持つ両手が震えた。

「これが美緒の答えなのか」

だったら俺は彼女の気持ちを尊重すべきだ。決定権は彼女にある。自分の勝手で彼女を散々振りまわしてしまったのだ、最後くらいは潔《いさぎよ》く諦めよう。

出世のためだけに生きてきた俺が、はじめて誰かのために生きたいと思っている。自分を犠牲にしても構わないと思っている。こんな最悪な状況だというのに、自分にも誰かを心から愛することができたという事実が嬉しかった。

皮肉にも失恋したことで、俺はようやく大人になろうとしているのかもしれない。

――そうだ、美緒を自由にしてやろう。三十一歳にしてはじめて芽生えた恋心を封印したとしても……。

「封印なんてできるのか？」

美緒と出会ってから今日までの一ヶ月半の出来事が、次々と脳裏に浮かび上がる。

『早まっちゃ駄目です！　生きていればそのうち絶対にいいことがありますから！』

見知らぬ誰かのために全力でタックルするような勇敢でおせっかいな女性で。

『いや、〝プリティ・ウーマン〟は知ってますよ。そうじゃなくて、ごっこってどういう意味ですか？』

俺のプロデュースで変身して、恥じらいながらも五番街を闊歩《かっぽ》して。

『亘《わたり》さん、結婚しましょう』

新年を祝う喧騒《けんそう》と花火、大量の紙吹雪《ふぶき》が舞い散るなかでキスをした。

――女性に指輪を選ぶ楽しみも、犬の散歩も家族の団欒《だんらん》も、俺の弱さも醜さも、全部美緒が教えてくれたんだ。

「封印なんて……忘れるなんて、できるはずない」

手紙にポトリと雫《しずく》が落ちた。また一滴、もう一滴。ポトリ、ポトリ。どんどんボールペンの文字が滲《にじ》んでいく。

「嘘だろ……俺は泣いているのか」

物心ついてこのかた涙を流したことなどなかったというのに。

両親の夫婦喧嘩を見たときには軽蔑し、父が家を出たときには怒りと共に呆れ返った。祖父母の葬式では歯を食いしばって自分を奮い立たせ、上司の娘に浮気されたときには苦笑した。どんなときでも強くあれ。周囲の誰も信じずに、自分の能力を武器にのし上がるのみ。そう思って生きてきた俺が、みっともなくも頬を濡《ぬ》らして立ち尽くしている。

「ハハッ、本当にみっともないな。これじゃあ美緒に逃げられるのも当然だ」

——だからって諦められるのか？

「諦めるしかないじゃないか。最後くらいは潔く見送ってやるべきだろう。これ以上格好悪い男になりたくない」

——この期に及んで格好よくとかふざけてるのか。散々醜いところも情けない姿も見られたくせに。このまま待っていていいのか？　いや、こんなところでぼんやりしている場合か⁉

ふと気づいて冷蔵庫の扉を開ける。そこにはきっちりとラップのかかった蕎麦とエビの天ぷら、薬味の載った皿が置かれていた。

——天ぷら蕎麦……。

「俺は馬鹿か……今さら格好をつけてどうする」

跪《ひざまず》いて頭《こうべ》を垂れろ。みっともなくても情けなくても美緒を失うことに比べたら些末《さまつ》なことだ。

今はただ、彼女に許しを乞《こ》うの一択だろう！

壁の時計を振り仰ぐ。時刻は午後二時十五分を指している。

俺は手紙を畳んでスウェットパンツのポケットに突っ込むと、自分の部屋のクローゼットからさっき脱いだばかりの黒いコートを取り出した。

「絶対に諦めない……彼女を振り向かせる」

誤魔化《ごまか》すのはもうやめだ。

走り出した気持ちに言い訳したって意味がない。

ストッパーは外された。もう自分でだって止められない。

会いたいんだ、そばにいたいんだ、君の笑顔を一番近くで見ていたいんだ……。

だったらもう、ただ一言を伝えるのみだ。

「美緒、俺は……」

俺は車の鍵を握り込むと、弾丸みたいに勢いよく玄関から飛び出した。

5、一緒に帰ろう

「お母さーん、ナナの散歩に行ってくるねー」

「はーい、気をつけて」

玄関の上がり框《かまち》に腰掛けて、奥のキッチンにいる母に向かって声をかけた。スニーカーの紐を結び終えると、目の前のナナの背中をわしゃわしゃと撫《な》でる。

「ナナ、一緒にお散歩に行こうね」

赤いリードをしっかり握り、玄関の引き戸をガラリと開けたところで「ちょっと待って！」と廊下を美紀《みき》が駆けてきた。

「お姉ちゃん、私も一緒に行くよ」

「美帆《みほ》は？」

「お母さんが見ててくれるって。せっかくお姉ちゃんが帰ってきたんだからさ、たまには姉妹水入らずでお喋《しゃべ》りしようよ」

ボア付きサンダルにつま先を突っ込むと、ニコニコしながら隣に並んで歩き出す。

――ああ、心配させちゃってるな。


実家に帰ろうと思い立ったのはお昼前のことだった。

今朝は普通に起きて朝食を作っていつもみたいに向かい合って、視線を逸《そ》らしながら「美味《おい》しいよ」、「ありがとう」なんてぼそぼそと会話を交わしてご飯と味噌汁と納豆と焼き鮭を食べた。

出勤する航希《こうき》さんに笑顔で「行ってらっしゃい」と言って、彼がぎこちない笑顔で「行ってきます」と出て行くのを見送って。洗濯の合間に掃除をして、お蕎麦《そば》を茹《ゆ》でて麺つゆを作って、エビの天ぷらとネギを小皿に盛って。

ソファに座って一息ついたところでリビングの棚に飾ってある家族写真が目についた。真ん中では航希さんと私がぴったり寄り添っていて、二人揃《そろ》って満面の笑みを浮かべていて。

その瞬間、『そうだ、実家に帰ろう』と思ったのだ。


勝手なことをしてしまったな……と思ったのは車窓の景色が後ろに流れ始めたときだった。微《かす》かな後悔が胸をよぎったけれど、すぐに『これでよかったんだ』と開き直る。

だって昨日あれから寝ずに考えたのに、結局どうするべきかを決められなかった。

気まずい朝の食卓では、二人のあいだに薄いアクリル板を挟んだような距離を感じ、嫌でも私たちの関係が変わってしまったのだと思い知らされた。

それでもいそいそと二人分の洗濯をして、二人の思い出の天ぷら蕎麦を作ったりして。

もうおまえなど必要ないと宣告されたようなものなのに、啖呵《たんか》を切って出て行くどころか彼の機嫌を窺《うかが》っている自分がひどく滑稽《こっけい》に感じたのだ。

『わぁ、私って必死すぎる』

そう思ったらあの部屋にいるのが居た堪《たま》れなくなり、気づけば行き先を告げる手紙一枚を置いて、田舎に向かう電車に飛び乗っていた。

——本当に衝動的だったんだよね。

しかしせっかくここまで来たのだ。航希さんのいないところで自分の気持ちを見つめなおし、今後のことを冷静に考えることにした。

私はどうしたいのか、彼とどうなりたいのか。頭の中でごちゃごちゃぐるぐるしているそういう感情をまとめて全部、整理できたらいいなと思う。


「——お姉ちゃん、無理してない？」

馴染《なじ》みの散歩コースを歩いていたら、美紀が突然聞いてきた。

「無理？　どうして？」

「私と正吾《しょうご》が同居してお姉ちゃんを追い出すみたいになっちゃったからさ、なんか悪いことしたなって思ってたんだ」

「そんなことないって。私はずっと東京《とうきょう》暮らしに憧れてたんだし」

「……婚活を勧めたのは私とお母さんだけどさ、それにしたって出会って三ヶ月そこそこのスピード婚だったから、正直驚いちゃって。だってほら、お姉ちゃんって慎重派というか計画的に動くタイプでしょ？　だから私たちがプレッシャーをかけたせいで、慌てて結婚を決めたのかなって」

――ああ、やっぱり。

新婚の長女が事前の連絡もせず突然帰ってきたのだ、不審に思って当然だ。けれど家族は何も聞かずに「おかえり」と笑顔で迎えてくれた。今まで深く追求してこなかったのは、彼女たちの優しさだ。

それでも何があったのかと心配で、美紀が家族代表として探りを入れてきたのだろう。

「お姉ちゃん、まさか航希さんにモラハラとか暴力とかされてないよね？」

「ないない、結婚はちゃんと自分で考えて決めたことだし、航希さんは暴力なんて振るわないよ」

――本当は三ヶ月どころか出会って二日で結婚を決めたって言ったら腰を抜かすだろうな。

「だったらいいけど。お姉ちゃんは私の自慢の姉だからさ、つらい思いをしてたら嫌だなって」

「自慢の姉？　私が？」

予期せぬ言葉に足が止まる。美紀もニコリとしながら立ち止まり、リードの先でナナがこちらを振り向いた。

「そうだよ。頭がよくて英語がペラペラで、東京の会社に就職してさ。そのうえ外交官と結婚しちゃうなんてすごいよ。カッコいいし憧れる」

――そんな、私のほうこそ……。

「私は美紀が羨《うらや》ましかったなぁ。活発で社交的で友達がいっぱいいて。早くに結婚して親に孫を見せてあげて、家の仕事も手伝ってさ。いつも本当にすごいなって思ってた。私は家のために何一つできていないから」

「そんなことないよ、お母さんたち、近所の人にお姉ちゃんのことをいつも自慢してたんだよ。美緒《みお》は東京の有名大学に行って、今は大きな会社で英語を使って仕事してる……って。最近は旦那さんがすごいイケメンだって言いまくってる。この前も、お姉ちゃんは結婚して綺麗《きれい》になったねって家族で話してたんだ」

――そんなこと思いもしなかった。

こんな娘を持って、こんな姉を持って恥ずかしがられていると思っていた。私は妹に全部押し付けた不肖の姉で、ずっと恋人の一人も作れずに心配かけて申し訳ないと……。

「そうか、お互いないものねだりで気を遣いすぎてたのかな」

「そうなのかも。お姉ちゃんは前より話しやすくなったよ。それに自信がついた？　なんだか堂々としてる気がする」

——そうか、そうだったんだ。

勝手に引け目を感じて意固地になって。自分の判断であれこれ悩む前に、もっとたくさん話をすればよかったんだ。

「あのさ、なんでもないならいいんだけど、何もなくたって、いつでもこんなふうに帰っておいでよ」

「ん？」

「私にはよくわからない世界だけど、やっぱり外交官の妻だとお付き合いとか人間関係とか大変だと思うしさ。疲れたり喧嘩《けんか》したときは逃げてくればいいじゃん。なんならずっといたっていいんだよ。うちは人手が多いほうが助かるし、美帆も喜ぶし？」

思いがけない言葉に涙腺が緩む。

「うん、ありがとう」

妹からのエールが嬉《うれ》しいような、照れくさいような。

私はスンと鼻を啜《すす》って再び歩き出した。

幼い頃にはこうして姉妹仲良くナナの散歩をしていたものだ。成長するにつれて趣味も行動範囲も違ってきて、お互い別々の時間を過ごすようになって。美紀に恋人ができ、私が東京の大学に進学する頃にはあまり深い会話をしなくなっていた。

喧嘩していたわけでも嫌いになったわけでもない。けれど私は美紀に対して劣等感を持っていたし、もしかしたら美紀もダサくて地味な姉に思うところがあったのかもしれない。

——お互い大人になったということなのかな。私も結婚したことで、ようやく美紀とこういう話ができるようになったということなのか……。

ううん、それだけじゃない。もしも私が変わったというのなら、それはきっと航希さんと出会えたから。何かと後ろ向きな私をビシバシ叱《しか》り、一歩階段を上るたびに大袈裟《おおげさ》なくらい褒《ほ》めてくれて。そうして自信をくれたのは……私を変えてくれたのは彼なんだ。

——ふふっ、ナナだけじゃなくて、私もあっという間に手懐《てなず》けられちゃってたんだな。

「まあ、とにかくさ、どうしても無理だと思ったら遠慮なく帰ってきて。お姉ちゃんの老後の面倒もバッチリ見てあげるから」

「やだ、二歳しか違わないじゃない。私がおばあちゃんになったら美紀もおばあちゃんだよ」

「本当だ、老老介護⁉」

二人でキャッキャと笑い合う。

「ありがとう、心配かけてごめんね。でも私は大丈夫」

──うん、私は大丈夫だ。

話しているうちに自分の気持ちがハッキリした。

航希さんに好かれるとか好かれていないとか関係ないや。私は彼のことが好きで、その気持ちはどうしたって変えることができなくて。

──だって、勝手に想っているなら自由だよね。

好きだから振り向いてほしい。だから頑張る。

航希さんは二年後まではこのままでいいと言っていた。つまり、私にはまだ二年も猶予があるということだ。

ニューヨークで出会ってから、彼はたった二日で私の気持ちを動かした。だったら私だって二年間で彼を振り向かせることができるかもしれない。ううん、できるはず。だって私は目標に向けてコツコツ努力するのが得意なんだから。

──その結果、航希さんがどうするかは彼が決めること。彼の気持ちは彼のものだ。

そう考えたらなんだかスッキリした。

──うん、告白しよう。

ギリギリまで諦めずに頑張ってみよう。何度も好きだと伝えよう。大丈夫、それでもし駄目《だめ》だったとしても、私には温かく迎えてくれる家族がいる。

「美紀、ありがとう。なんだか勇気が湧いてきた」

「勇気？」

「好きだって伝える勇気」

「好きって伝える？　航希さんに？　今さら？」

美紀はぽかんとしていたけれど、最後は「まあ、頑張って？」と疑問符つきながらもニカッと白い歯を見せてくれた。そのとき。

「美緒！」

——えっ？

美紀と同時に振り向くと、家の方角から黒いコートの男性が勢いよく駆けてくるのが見えた。

「こっ、航希さん!?」

大きなストライドに美しいフォーム。デキる男は走る姿まで完璧なのか……と見惚《みと》れていたら。

「美緒……っ、あっ！」

「ああっ！」

全速力の航希さんが、ここまであと数メートルというところで何もないのにつまずいた。ザザッと両手をついて身体を庇《かば》い、続いて地面に膝をつく。

「航希さん！」

美紀と二人で駆け寄ると、彼は手と膝の砂をはたいてゆらりと立ち上がる。

「航希さん、大丈夫⁉　怪我《けが》は？」

「大丈夫だ、それよりも……申し訳ない！　悪かった！」

いきなり深いお辞儀をされて、私も美紀も面食らう。

「ちょっ、ちょっと急に、どうしたの？」

「どうしたって……帰ったら美緒がいないから」

――んっ？

「私、ちゃんと手紙を置いてきたよね？」

「ああ、実家に帰るって書いてあった。そのうえ蕎麦を茹でてあるものだから……」

「蕎麦？」

たしかに私は彼の夕食用に蕎麦を茹でてきた。しかし手紙と蕎麦と航希さんの訪問がどう繋《つな》がるのかがわからない。私と美紀が顔を見合わせて首を傾《かし》げていると、彼が『なぜ伝わらないのか』と言わんばかりに大きなため息をつく。

「美緒は引っ越すときに蕎麦を茹でるんだろう？　アレはそういう意味なんだろう？　そんな

の焦《あせ》るに決まってるじゃないか！」

——ええっ！

「私、今日中には帰るつもりだったけど。手紙にも『少し考えたい』って書いてたでしょ？」

「えっ、今日中？　……そうか、今日帰る……」

首をガクンと落として脱力し、はぁ～っと安堵のため息をつく。

「なんだよ、俺はてっきり君がもう帰ってこないのかと……くそっ、慌てて追いかけてきた俺が馬鹿《ばか》みたいだ」

彼の盛大な勘違いに、訪問の驚きよりも、おかしさのほうが勝ってきた。

「ふふっ、引っ越し蕎麦って……ハハッ」

「笑うなよ！　こっちは本気でびっくりして、冷静に考える余裕もなくて……」

「なんだ、めちゃくちゃラブラブじゃん」

「ちょっ、美紀！」

「あっ、美紀ちゃん。お久しぶり、です」

美紀の声で我に返った私たちは、会話を止めてモジモジ顔を見合わせる。

「スウェットの上下にコート一枚で追いかけてくるなんて、お姉ちゃん、愛されてるね」

「あ、愛されてるとか、そんな……」

目を泳がせる私に美紀はニッと白い歯を見せる。

「先に帰るね。ごゆっくり〜」

「えっ、あっ、ちょっと！」

止める間もなく手を振って、ナナと一緒に駆けて行った。

——どうしよう、いきなり二人で取り残されてしまった。

べつに久々の再会というわけでもないし、なんなら今朝も玄関先で見送ったばかりだし。

けれど過去最大に緊張しているのは、私の心持ちが変わったせいなのかもしれない。

航希さんの服装を改めて観察する。本当だ、愛用の室内着に通勤用の高級コートが不釣《ふつ》り合いすぎる。

「……しょうがないだろう、手紙を読んですぐ飛び出してきたんだから」

私の視線に気づいた彼が、不本意そうに唇を尖《とが》らせた。

「慌てて追いかけてきてくれたんだ」

「当たり前だろう、夫婦なんだから」

——そうか、一応はまだ夫婦だと思ってくれてるんだ。

「ふ〜ん、そうか」

——これだけで嬉しくなっちゃうなんて、惚《ほ》れたほうの負けだなぁ。

「なんだよ、ニヤニヤして」

「ううん、あっ、手のひらに血が滲《にじ》んでるよ。家に帰って消毒しなきゃ」

「いや、それよりも話をしたい」

ここまでわざわざ追いかけてきたのだ、私に言いたいことがあるからに決まっている。

「ナナは帰っちゃったけど、二人で散歩する？」

「あっ、ああ」

空は一面オレンジ色に染まり、山のあいだの太陽が二人の影を地面に長く映しだしている。

日の落ちかけた細道を、白い息を吐《は》きながらゆっくりと歩き出した。

「まいったな、せっかく迎えにきたのに目の前でコケるなんてダサすぎる」

「ふふっ、走る姿は格好よかったけどね」

「美緒の家に行ったらナナの散歩に行ったっていうから、早く追いつきたくて焦った。クソっ、マジで格好悪い。もう美緒の前では一生走らない。死ぬまで走らない、絶対だ」

――そうか、そんなに焦ってくれたのか。

忙しい彼がここまでこうして追いかけてきてくれた、私のために全力疾走してくれた。その事実が私の気持ちを後押ししてくれる。

「私は、格好悪い航希さんも愛おしいと思うよ」

「えっ」

二人同時に足を止める。

「ねえ、一生って、死ぬまで私と一緒にいてくれるっていう意味？」

道の真ん中で向かい合うと、彼が真剣な表情で私を見下ろしてきた。

「いる、いてほしい。一生君の夫でいさせてほしい。俺はそれを伝えたくてここまで来たんだ。美緒、俺は……」

「待って」

「えっ？」

改めて彼の顔をじっと見る。うん、悔しいぐらいに完璧だ。

けれど私が好きになった航希さんは、格好よくてスマートな外交官の彼じゃない。皮肉屋で口が悪くて自信家で、だけど頼もしくて優しくてユーモアのある人で。私をただ甘やかすだけでなく、心の底から叱《しか》ってくれる。

——頑張ってリンゴの皮剥《む》きをしてくれたり、颯爽《さっそう》と現れたくせに目の前で転んでしまう、そんなあなたのことが……。

「航希さん、私ね、あなたのことが大好きなの。ずっとあなたの奥さんでいたい。二年後も、十年後も、死ぬまでずっと一緒に」

「それって……」

「私、どうしたらいいのかわからなくなって逃げてきたの。形だけの契約結婚でいいと思っていたのに、それだけじゃ嫌だと思ってしまう自分がいて。こんな気持ちのままでそばにいちゃいけないのかな、やっぱり二年後まで待たずに別れたほうがいいのかな……って、一人でぐるぐる考えてた」

近くにいるのが苦しいくせに、離れてみたら寂しくて。考えても考えても正解なんてわからなくて、最後に残ったのは『やっぱり好きだ』という気持ち。

だったら自分の気持ちに従って、もう一度頑張ってみようと思ったのだ。近づいても離れてもつらいのであれば、つらくてもいいからあなたの隣に立ち続けたい。少しでも一緒にいられる可能性に賭《か》けてみたい……と。

「どんな形でもいいからあの部屋に……あなたのいるマンションに帰りたいって思っちゃった。本当に馬鹿だよね」

航希さんが私の両肩に手を置いた。

「馬鹿なのは俺のほうだ。美緒、俺は……」

突如チリンチリンとベルが鳴り、私たちは弾《はじ》かれたように道の端へと身を寄せる。自転車に乗った男性がブレーキをかけて地面に片足をつくと、私に向かって話しかけてきた。幼い頃から知っている近所のおじさんだ。

「七瀬《ななせ》さんちの美緒ちゃんじゃないか。おっ、そちらが旦那さんかい？　噂《うわさ》どおりのイケメンだねぇ～」

「あっ、はい、彼は私の夫で……」

「亘《わたり》と申します。妻の美緒や七瀬の両親がいつもお世話になっております」

互いに『夫でいいんだよね？』、『妻でいいんだよな？』と無言で目配せした。自転車の後ろ姿が遠ざかるのを待って、私たちは顔を見合わせる。なんだかとても照れくさい。

「……近くに公園があるんだけど、行く？」

「行く」

寂れた小さな公園は、小学校までの通り道にある思い出の場所だ。ペンキの剥《は》げたブランコと滑り台しか遊具のないそこは、冬の寒さもあって人っ子一人いなかった。片隅にあるベンチに並んで座る。

「皮は剥けてないけど強く打ったから痛そうだね」

彼の手のひらを改めて確認すると、砂利で傷ついたのか、赤くて細かい線がいくつもついている。

「軽い擦《かす》り傷だ。それより今は俺の話をさせてほしい。聞いてくれるか？」

「あなたが私に話してもいいと思ってくれるのなら。けれど私は聞いた以上はあなたの人生にガッツリ関わっていくし口出しするよ？　それでもいいの？」

いいことも悪いことも含めて分かちあうのが夫婦だと思うから。あなたの本当の家族になりたいから。

「ああ、関わってくれ。俺が間違ったら叱ってほしいし、そうするのが美緒であってほしい。君がいいんだ」

私は黙ってうなずくと、膝を揃えて航希さんのほうへと向き直る。彼は脚の上で両手の指を組んで前屈《かが》みの姿勢になると、覚悟を決めたように口を開いた。

「前にも言ったと思うが、俺の家庭は冷め切っていてね」

彼が語ってくれたのは、幼少期からの悲しい記憶。不仲な両親にうんざりし、自室に籠《こ》もった中学時代。実家に見切りをつけて祖父の家に避難した高校時代。とうとう大学時代には、愛を馬鹿にし開き直った。そこから先は、出世だけを人生の目標に定めて生きてきて……。

「愛なんてしょせんまがいものだ。容姿や経済力、生活の安定と利便性、セックスの相性、いろんな条件の複合物でしかない。だったら恋愛も結婚も割り切ればいい……そう思ったんだ」

人肌恋しくなったとしても、一晩限りの相手で十分だ。熱した気持ちはあっという間に冷めるものだし、どうせ冷めるのであれば最初から低温のままでいい。情熱を傾《かたむ》けるのは仕事にだけだ。そうしてどんどん出世して、あのろくでなしの父親を見下してやる。

そう考えて生きてきたけれど。

「美緒と出会って、自分以外の誰かを大切に想う気持ちを知ったんだ」

彼は私と過ごすうちに家庭の温かさや誰かと一緒にいる心地よさを知り、同時に私を騙《だま》すような形で結婚したことを後悔した。

「美緒は俺と結婚できて『しあわせだ』と言ってくれたのに、俺がしたことといえば君の優しさにつけ込んで悲しませるばかりで。挙げ句の果てに、君の家族やキャリアを侮辱することになって……。こうなったのは俺のせいだ、人の心がわからない男が君を愛する資格なんてないと思った。これ以上好きになるのが怖くなった」

自分とは住む世界が違う。これ以上こちら側に引きずり込むわけにはいかない……そう考えて離婚を切り出したのだ、と航希さんは一気に語って聞かせてくれた。

後半の話はたぶん彼の実家を訪れたときのことを思い出したのだろう、眉間に深いシワを寄せ、とてもつらそうな顔をしていた。たしかにお義母《かあ》さまの言葉で悔しい思いをしたけれど、航希さんの話を聞いた今となっては同情の気持ちしかない。一生を共にと思った相手に背中を向けられる寂しさは、私にもよくわかるから。

航希さんはうつむいていた顔を上げると、ベンチの背もたれに後頭部を預けて空を仰ぐ。

「母が言っていたとおり、俺は情の薄い人間なんだ。きっとあの人は父親だけでなく俺にも見捨てられたと思っているんだろうな。今思えばあの人も被害者だったのに」

私も彼に倣《なら》ってぼんやり景色を眺《なが》めてみる。日没間際の上空はすでに群青色に染まっていて、あとは山の稜線に沿ってオレンジ色のラインが残るのみだ。

——ああ、綺麗だな。

「ここは本当に綺麗なところだな」

「えっ、エスパー!?」

航希さんの言葉に横を見ると、彼も背もたれから頭を起こしてこちらを向いた。

「美緒の思い出の場所で一緒にこうして空を見られてよかった。とても綺麗な夕焼けだ」

「……うん、そうだね」

彼とこうして同じ空を見られてよかったと思う。悔しいとか悲しいとか切ないとか。さっきまでの迷いも全部吹き飛んで、今はただ、航希さんがここにいるという事実が単純に嬉しいと思う。好きな人と一緒に美しいものを美しいと語り合えていることは、それだけで奇跡なんだ。

——ニューヨークで出会えたこと、結婚したこと、今二人で空を見上げていること。全部航希さんが起こしてくれた奇跡なんだ……。

「航希さんは情が薄い人間なんかじゃないよ」

「美緒……」

「薄情な人間なら卑屈《ひくつ》な私を本気で叱ったりなんかしない。自分がしたことを悔やんだりなんかしない。わざわざこんな遠くまで追いかけて来てくれたのは、私のことを想ってくれているから……そう考えるのは私の希望的観測が過ぎるのかな」

「……ここに来るまでのあいだ、車を運転しながらずっと君のことを考えていた。どうしたら許してもらえるんだろう、どうしたら戻って来てくれるんだろうって。情けないことに、俺の頭の中は君のことでいっぱいだ」

人をちゃんと好きになったことなんてなくて、けれどこんなにも一緒にいたいと思った相手もはじめてで。自分の気持ちがコントロールできないなんてはじめてで。

「はじめてのことばかりで、今も正直この気持ちをどう伝えたらいいのかわからないんだ。でも美緒、俺は君を……」

「うん、私、あなたのことを愛してる」

「えっ！」

航希さんが大きく目を見開いた。

「私、東京に帰ったら告白しようと決めてたから。先手必勝？」

彼は瞬《まばた》きしながらぽかんと私を見つめていたが、みるみる表情をほころばせていく。

「マジか……ふはっ、ハハハッ！　まったくすごいな、君は」

ひとしきり爆笑してから目尻を拭《ぬぐ》い、改めて私に向き直る。

「それを言おうと追いかけてきたのに、先に言われてしまったな」

私の両肩に手を置くと、次の瞬間、彼の表情が真剣なものに変わる。

「美緒、好きだ。夫としてキスをしてもいいだろうか」

「はい」

すぐに唇が重なって、自然に舌が絡み合う。全身に電気が流れたみたいにピリピリして、勝手に手足が震えだす。顔がゆっくり離れると、息をするのも忘れていた私は大きく深呼吸した。

「すごい……キスってこんなに気持ちいいの？」

ため息と一緒に感嘆の言葉を吐《は》くと、航希さんが目をぱちくりさせる。

「えっ、キスなんてもう何度だって……」

「ああそうか、これって両想いだから？　気持ちの繋《つな》がったキスだからこんなに感じちゃうってことなんだ。なんかすごいね」

航希さんがなぜだか額に手をあてて、ため息をつきながらうつむいた。

「そうか……君は天然で煽《あお》ってくるタイプだったか」

「天然？　私が？」

彼が「ふっ」と笑って私の顎に手を添える。微笑《ほほえ》む顔は今までにないほど甘ったるくて。

「もう降参だ……君と身も心も溶け合いたい。愛してるんだ」

アーモンド型の瞳にオレンジ色の光と私の顔が映り込む。

——ああ、綺麗だ、本当に。

ずっとずっと見ていたいな……そう思ったけれど。瞳を細めた彼がゆっくり顔を近づけたから、私はそっと目を閉じた。

＊＊＊

「ええっ、もう帰っちゃうの？」

「夕飯を食べていけばいいのに」

玄関に響いた美紀と母の大声に、家の奥から父や正吾くん、美帆とナナまでドヤドヤと廊下に顔を出す。

「いえ、明日も仕事がありますので。なっ、美緒」

「うん、お母さんごめん、今日はもう帰る」

航希さんの言葉に私がうなずくと、「だったらこれを」と母が段ボール箱いっぱいの野菜やリンゴを運んでくる。

「ちょっと、この前送ってもらったのがあるし、こんなにたくさんいらないって」

「美緒、待って」

私の言葉を制した航希さんが母に微笑みかける。

「お義母さん、ありがとうございます。俺もリンゴジャムを作ってみたいので、今度レシピをいただけませんか？」

「まあ、そんなのお安い御用よ。ちょっと待って、紙に書いてあげるから」

「あっ、俺が自分でメモります」

靴を脱いで母と一緒に奥へと向かう後ろ姿に、思わずクスッと笑みが洩《も》れる。

——ふふっ、外面《そとづら》大魔王が発動中だ。

けれど今のは作戦だとか計算とかじゃなく、心から家族の一員になろうとしてくれているのだと思う。そして彼はマンションに帰ったら本当にリンゴジャムを作ってくれるはずだ。

ニマニマしていたら私を見つめる美紀の視線に気づいた。

「お姉ちゃん、やっぱり夫婦喧嘩だったんだ。仲直りできたっぽいね」

「うん、まあ、そんな感じ。ご心配をおかけしました」

「今度は夫婦でゆっくり遊びにおいでよ」

「ありがとう。美紀も家族で遊びにきて」

美紀の足元で二歳の美帆が、「やった！　みほ、ミオちゃんち、いく！」と足踏みしながらはしゃぎだす。ナナも釣られて一緒にぴょんぴょん跳ねだした。家族揃って東京に遊びに来る日も近そうだ。


みんなに見送られて車は一路、二人のマンションへと向かう。

「――あれだけ歓迎してもらっておいてトンボ帰りは悪かったかな」

夜の高速を運転しながら航希さんが呟《つぶや》く。

「でも航希さんは明日も朝から仕事だし、早く帰って休んだほうがいいってお母さんたちもわかってるよ」

「いや、そうじゃなくて、俺はむしろ夜更かしするつもりというか……」

彼がハンドルを握ったまま、チラリとこちらに視線をよこす。

「美緒、今夜は俺の部屋で一緒に寝てほしい」

「えっ、いいの!?」

彼の部屋に足を踏み入れたことは一度もない。お互いのプライベートスペースには立ち入らないようにしていたし、私物にも触れないようにしていたから。

「今日はいろいろ思い知った。身体から完璧に落とす。もう絶対に逃したくないからな」

「えっ、もうとっくに落ちてるけど？」

「君は……！」

なぜかハンドルを握る彼の手が震えている。手の甲に青い血管が浮かんできた。

「……っ、君は俺をどうしたいんだ！　そんな可愛《かわい》いことを言って俺を悶《もだ》え死にさせたいのか？　そうか、そうなんだな⁉」

――ひえっ、怒っていらっしゃる！

「違う、だって私もそのつもりだったし、航希さんに抱かれたいって思ってたし」

私だって期待していた。公園のベンチで航希さんが「溶け合いたい」って言ったから。何度も貪《むさぼ》るようなキスを繰り返して、最後に「はぁ、限界だ。早く二人の家に帰りたい」って吐息混じりで言っていたから。

彼が私の反応を窺うまでもなく、私も早く抱かれたいと思っていたのだ。

「私も航希さんを陥落できるよう頑張るよ」

「そうか……うん、そうか、よしっ！」

彼の顔に歓喜の色が浮かび上がる。

「すごく嬉しそうだね」

「そりゃあそうだろう。誘うのにこんなに緊張したのははじめてだ。この歳で童貞に逆戻りしたかと思ったよ。美緒は？」

「私だって嬉しいですけど？　私は本当の処女だから……ちょっと緊張してる」

「処女？　だって君は……」

「一郎《いちろう》さんとはキスまでだったから」

彼が片手で口元を覆《おお》った。

「マジか……」

くぐもった声を洩らしてからハンドルをしっかり握りなおす。

「よしっ！　……よしっ！」

ブォンとアクセルを踏み込む音がして、窓の外の景色が猛スピードで流れていった。

＊＊＊

シャワーを浴びて髪を乾かすと、バスタオル一枚を巻きつけただけの姿で脱衣所を出た。下着をつけようかパジャマを着ようかと迷ったが、これからすることを知っているのにあざといな……と思って潔《いさぎよ》いほうを選んだ。

居間に入って立ち止まる。いつもは向かって右側の部屋に向かうところを、今日は左側の十畳間に向かった。中では先にシャワーを終えた航希さんが待っているはずだ。

トン、トン……とノックしたところですぐに内側からドアが開き、手首をグイと掴《つか》まれる。そのまま中に引っ張り込まれた。

「あっ！」

ボクサーパンツを身につけただけの航希さんに、腰と後頭部を強く抱き寄せられる。間髪《かんぱつ》入れずに唇が塞《ふさ》がれた。上顎や歯列を執拗に舐《な》められて、まだ触れられてもいない秘部が切なく疼《うず》く。

——や……っ、何か変！

彼とのキスははじめてじゃない。なんなら数時間前の公園で何度も舌を絡めていたというのに異次元の感覚が押し寄せてくる。この先に起こることを脳と身体が期待しているせいなのかもしれない。

あまりの気持ちよさに恍惚《こうこつ》としているうちに、器用にバスタオルが外されて床へと落ちた。

全裸を恥ずかしがる間もなくお尻を揉《も》まれ、指先で尾てい骨のあたりをツツ……ッと上になぞられる。

「あっ……あんっ！」

触れたそこからゾクゾクと快感が伝い、鼻にかかった声が出た。

「ここ、なぞっただけでも感じるの？」

秘めごとみたいに囁《ささや》かれ、それさえ新たな刺激となる。ジワリと奥が潤《うるお》う感覚があった。腰が砕けそうになって膝を折ると、すかさず掬《すく》うように抱き上げられて、大きめのベッドに運ばれる。

「クイーンサイズ……」

グレーのシーツに横たえられながら思わず呟いたら、「二人で余裕で寝られるぞ」と彼が上から覆い被さってくる。顔の両側を逞《たくま》しい腕で囲われた。

「なるほど、二人用……」

過去の女性の影を感じて知らずに不満げな声が出ていたらしい。

「言っておくが、この部屋どころかこのマンションには男女問わず誰も入れたことがないぞ。美緒がはじめてだ」

「そ、そうなんだ」

「なんだ、そんなことを気にするなんてずいぶん余裕だな。俺はもうこんなになっているのに」

「ん……っ、余裕、なんて……っ」

余裕があるのは航希さんのほうだ。耳朶を甘噛《が》みしながら下半身を私の秘部に擦《こす》りつけてきた。ゴリッと硬い感覚が彼の興奮具合を伝えてくる。ボクサーパンツを穿《は》いていても先走りが滲《にじ》み出ているらしい、私の下腹部に生温かい湿り気を感じた。

――これが航希さんの……。

こんなシチュエーションになるのも、男性器で触れられるのもはじめてのことだ。

異様に速い心拍は、緊張なのか、期待なのか。

――きっとその両方だ。

航希さんが膝を使って私の脚を開かせる。中心部分に彼自身をぐいぐい押し付けてきた。

布地で蕾《つぼみ》が擦れると、思わず大きな声が出てしまう。

「ああっ、やっ！」

「は……っ、美緒……」

腰を動かしながらも彼の唇は首筋を這《は》い、大きな手が私の胸を鷲掴《わしづか》む。やわやわと揉みしだきながら合間に指の腹で先端を掠《かす》めていく。手慣れすぎていて彼の経験値の高さが透けて見えた。

「あんっ！」

左側の突起をピンと弾かれた。胸を反らして声をあげたところで反対側の胸にむしゃぶりつかれる。

「やっ……！」

「こうされるのは、はじめて？」

「はじめて……っ」

「そうか、ちゃんと気持ちよくするから」

「もう、気持ちい……っ」

彼は満足げに口角を上げると再び胸に口づける。舌先が乳輪をそろりとなぞり、吸ったり舐めたりを繰り返してから突起の根元を甘噛みする。いっぺんにもたらされる刺激の波状攻撃で、私は身悶えるしかない。

「駄目っ、航希さん、何か変っ！」

お腹の奥が熱くなり、キュンキュンと収縮を繰り返す。身体の中心からトロリと愛液が流れ出る。温かいものがお尻の割れ目を伝っていくのを感じた。

「変？　こっち？」

彼の片手が股のあいだに移動して、中心線を撫で上げた。それは一度では終わらずクチュクチュと淫靡《いんび》な音を立てながら何度もそこを往復する。ますます液が溢れてくる。

「嬉しいな、感じてくれているね。先にこっちでイっておこうか」

「あっ、駄目っ！」

愛液を纏《まと》った指が小さな蕾に辿《たど》り着く。指の腹でクルクルと撫でられるとあっという間に熱くなった。

　気持ちよさと苦しさの狭間で猛烈な快感が生まれ、脳を沸騰させていく。航希さんが容赦なく指のスピードをアップさせた。奥から波が押し寄せる。

「あっ、あっ……」

「イってもいいよ」

　彼の囁きを合図に一気に高みに押し上げられる。子宮がギュッと収縮し、心臓がバクバク脈を打つ。イきたい、でも怖い、未知の感覚に慄《おのの》く自分がいる。

「いやっ、怖い、イっちゃう！」

「美緒、大丈夫だ、俺の指でイけっ！」

「やっ、あっ、あーーっ！」

　蕾を強く押し潰されて、目の前で光が弾ける。もう抗えない。私は太ももを震わせながら嬌《きょう》声《せい》をあげ、生まれてはじめての絶頂を迎えた。

　――これがイくという感覚……これがセックス。

　今もまだ触れられた場所がジンジンしているし、全身が痺《しび》れたみたいになっている。自分が触れたことも見たこともない内側までも晒《さら》すこと、それがセックスというものなんだ。心も身体も預けられる相手でなければ無理だと思う。

――航希さんでよかった……。

絶頂の余韻に浸ってぼんやりしていると、航希さんが上体を起こすのが見えた。いつもは細く見えるのに、素肌の彼は胸板がしっかりしている見事な肉体美の持ち主だ。彼が膝立ちでボクサーパンツを下ろした途端、立派な屹立《きつりつ》が飛び出してくる。

――えっ、嘘《うそ》っ！

長くて太い彼の分身は、青黒い血管を浮かび上がらせながら天井に向かって反り返っている。先端から透明な液が垂れるのが見えた。あまりの猛々《たけだけ》しさに言葉を失っていると、視線に気づいた航希さんが「大丈夫、すぐには挿《い》れないから」と笑顔を見せる。

「美緒を痛がらせたりしない。しっかりほぐすから安心して」

――ほぐす？　何を、どこを、どうやって⁉

頭の中にクエスチョンマークを浮かべる私を尻目に、航希さんが股のあいだに陣取った。膝裏から私の脚を持ち上げたかと思うと大きく開いて顔を寄せる。

「あっ、航希さん、駄目！」

「さっきよりもっと快《よ》くなる」

「やっ、駄目っ、あっ……ああっ！」

私の動揺を無視して蜜口にチュッチュとキスの雨が降る。恥ずかしさとくすぐったさに腰をひねっていると、さらに大きく股を開かれ割れ目を高速で舐められた。いやらしい音を立てて蜜を啜《すす》り、肉厚な舌を蜜口にねじ込んでくる。

「あっ、ふ……っ、あんっ」

航希さんの言葉は本当だった。指でイかされたときよりも生々しくて刺激が強い。口淫《こういん》などという恥ずかしいことをされているというのに、気持ちよさが勝る。絶妙な舌技に抗うことなどできず、気づけば私はみずから股を大きく開いていた。

チューッと高い音がして花芯を強く吸い上げられる。そこだけ火が点いたかのような熱さに悶絶《もんぜつ》していると、今度は何かが蜜口に差し込まれた。ナカを掻《か》き回されてそれが彼の指だと気づく。

「あっ！」

引き攣《つ》るような違和感は最初だけで、ナカを探る動きであっという間に快感に変わる。

「ん……っ、気持ちい……っ、あっ、いいっ」

「ああ、ちゃんと気持ちいいな、美緒のココが勃《た》っているからわかる」

蕾をガジガジと甘噛《が》みされ、ナカでは指が内壁を擦る。さっきよりも強烈な刺激と込み上げる悦楽に、もっともっとと脳が叫《さけ》ぶ。

彼がうまいのか私が淫乱なのか、絶え間なく訪れる快感の波に、我を忘れて歓喜の声をあげた。

「ナカが柔らかくなってきたな。……悪い美緒、俺がもう限界だ、イって」

「えっ？　……あっ、ああっ！」

指が二本に増やされた。揃えた指でリズミカルな抽送を繰り返す。角度をつけてナカの浅いところをノックされた。トントン……と響くそこから波紋のように痺れが拡がっていく。

――あっ、また来ちゃう。

絶頂の予感につま先をキュッと丸めて身構える。間髪入れずに敏感な部分を指で押し上げられた。電気が流れるような刺激に胸を反らせたその瞬間、快感が弾けて嬌声をあげた。

「ああーーっ！　イくっ、イっちゃう……っ！」

一度目を上回る強烈なエクスタシー。まるで全身が性感帯になったかのようだ。肌が触れるだけでも身体が跳ね、航希さんが指を引き抜くときには腰が浮いた。ヒクつく淫部から愛液がトロリとこぼれていく。

――すごい、セックスってこんなふうになっちゃうんだ……。

ぐったりと力を抜いて絶頂の余韻に浸っていると、航希さんがサイドテーブルの引き出しから何かを取り出している。箱を見てそれが避妊具だとわかった。そうだ、本番はまだこれからなのだ。

私の視線に気づいた彼が、装着する手を止めて私を見る。

「……怖いか？」

「ううん、嬉しいだけ」

「ふっ、そうか、俺は少し怖いよ」

「怖いの？」

「ああ、本気の女性を抱くのも処女を相手にするのもはじめてで、美緒の身体を傷つけないかとか、ちゃんと満足させられるかとか、この期に及んでそんなことを考えている」

目を伏せて物憂《ものう》げな表情を見せると、「こんなふうに思うのははじめてだ……」と彼にしては珍しく弱気な発言をこぼす。

「ごめん美緒、それでもやめたくないんだ」

避妊具を装着し終えて私を見つめた。

正直言えば私だって不安がある。経験豊かな航希さんをちゃんと満足させてあげられるのかとか、貧弱な身体を見てガッカリしていないのかな……とか。

けれど今はそれより航希さんと結ばれたいという気持ちのほうが強いのだ。彼はどんな私も受け入れてくれるに違いないから。

「……やめなくていい。航希さんが気持ちよくなってくれたらそれでいい」

彼からもらえるものならば、痛みも苦しみもきっと喜びに変わるだろう。

「二人で一緒に気持ちよくなろう。美緒、愛してる」

キスをしてからゆっくり下半身が重なって。花弁をめくって熱い塊《かたまり》が侵入してきた。中から無理やりこじ開けるような感覚に一瞬息を詰める。

「……っは、すごいな、入り口から締めつけてくる。奥に進んでもいいか？」

「うん、だいじょ……ぶ」

航希さんが丁寧にほぐしてくれたからだろうか、圧迫感はあるものの痛みはそれほど感じない。彼の立派な屹立がミチミチとナカを押し拡げながら進んでくる。しばらくすると最奥にトンと突き当たる感覚があった。

「全部挿入《はい》った」

「うん、航希さんが、はい……ってる」

肌をぴたりとくっつけて、固く抱きしめ合いながらキスを交わす。

——航希さんが今、私のナカにいる。

「嬉しい……嬉しいよ、航希さん」

正直今はお腹の苦しさと陰部が引き攣れるような感覚のみで、前戯ほどの快感を得ているとは言いがたい。それでもやはり『気持ちいい』と思う。彼と身も心も一つになれた喜びが、心からの充足感を与えてくれているのだ。

――今の私たちはゼロ距離だ。

嬉しくて感動で、胸がいっぱいだ……。

「美緒、俺も気持ちいい。こんなに狭いところで、俺を一生懸命受け入れてくれてるんだな。嬉しいよ」

そう言ってくれてはいるが、彼は最奥に到達してからというものじっと私を抱きしめたまま動こうとしない。

――航希さんは一度もイっていないよね？

さっきから私ばかりが気持ちよくしてもらっている気がする。彼はかなり我慢をしているんじゃないだろうか。

「航希さん、動かないの？」

「いや、無理して君に負担をかけたくない。俺は君のナカに挿入れただけで満足だから……」

――やっぱり。

「我慢なんて必要ない。好きなように動いて」

「そんなことを言われたら抑えが効かなくなるだろう！　君を大事にすると決めたばかりなのに……」

「だったら……ねぇ、一緒にイこう？」

「うあっ、クる」

途端に航希さん自身がナカで大きく膨らんだ。彼の剛直が隘路《あいろ》をみっちりと埋めている。ものすごい質量だ。こんな状態で我慢なんてさせたくない。彼の熱を解き放ってほしい。

「本当に……いいのか？」

「うん、だって一緒に気持ちよくなるんでしょう？」

「……美緒っ！」

彼がゆるりと腰を動かすと、屹立が前後しながら壁を擦る。繋がっている場所からクチュクチュと湿度の高い音が聞こえてきた。私のナカが彼を求めて潤っているのだ。早くも甘い疼きが湧いてきた。

「あっ、気持ちい……」

「うあっ！　そんなに締めつけたらイってしまう」

恥骨をぐっと押し付けて腰が止まる。

「航希さん？」

「……マズい、もうイきそうになった。こんなことははじめてだ。悪い、少しだけ待ってくれ」

「イったっていいのに」

私ばかりが何度も気持ちよくしてもらって申し訳ないと思う。だから当然のことを言っただけなのに、航希さんが殺し屋みたいな形相で睨《にら》みつけてきた。これは余裕で百人くらい殺《や》っている顔だ。

「君は……人を煽るのが趣味なのか」

「えっ、どういう……」

「わかった。煽ったのは君だからな。男がこの状態になったときに迂闊《うかつ》なことを言ったらどうなるか教えてやる。泣いて頼んでも止めないからな」

地を這うような低い声で宣言した直後、彼がゆっくり腰を引く。出口ギリギリまで屹立を引き抜いた直後、パンッ！　と高い音がして恥骨をぶつけられた。

「ああっ！　やぁっ！」

彼の屹立が子宮口を激しく叩《たた》く。私の身体を上下に揺らしながらそれを何度か繰り返したあと、硬い先端で奥をグリグリ抉《えぐ》ってくる。そこがキュンキュン疼いて仕方がない。またもやイってしまいそうだ。

「航希さんっ、もう駄目っ！」

「止めないって言っただろ」

すぐに抽送が再開される。今度は早く、小刻みに。徐々に呼吸が荒くなり、あたりには二人の吐息とベッドが軋《きし》む音だけが響き渡る。

「あっ、イくっ、イくっ……イっちゃう……っ！」

「うあっ、美緒……っ！」

互いにキツく抱きしめ合ってキスを交わす。お腹の中が熱くなり、ゴム越しに精が放たれたのがわかった。

——本当に身も心も溶け合っているみたい。

両手でしっかり抱きつきながら多幸感に包まれていると、航希さんが身体を起こして私のナカから出て行く。

——あっ……。

この熱が離れるのが寂しいな……なんて思っていたら、航希さんが手早く避妊具を付け替えているのが見えた。私の視線に気づくと意地悪く口角を上げる。

「さっきイったばかりだから今度はもう少し保ちそうだ」

「あっ、私、もうイって……」

「ああ、今度も一緒にイこう」

「えっ、あの……」

「美緒、気持ちよかったよ。こんなにも君に嵌《は》まってるのに、諦めるなんて最初から無理だったんだ」

「私だって……って、あっ、ああっ！」

まだ潤いの残るそこは彼をたやすく受け入れて。

「まだこれからだ。さっきよりも激しくするぞ」

「ああっ！　やっ、あっ……ん……っ」

彼が腰を抱えて律動を刻む。グチョグチョとナカを擦られるたびに絶頂直後の苦しみが快感に変わっていく。

二人のリズムが合わさって、甘い喘《あえ》ぎが洩れた。

夫婦の初夜は、これからだ。

6、お披露目パーティー

三月最後の日曜日、赤坂《あかさか》にあるアメリカ大使公邸では、イースターを祝うパーティーが催されていた。

イースターというのは十字架にかけられたイエス・キリストが復活を遂げたことを祝うお祭りだ。アメリカではこの日になると、祭りのシンボルである卵やウサギをモチーフにした子供向けのイベントがあちこちで開催される。

今のアメリカ大使には小さなお子様がいらっしゃることから、同盟各国の関係者や著名人、その家族を招いてパーティーをすることにしたらしい。

今日はその場所に、航希《こうき》さんと私も外交官夫妻として招かれている。

アメリカ大使公邸は国会議事堂から目と鼻の先にある真っ白い豪邸で、マッカーサーと昭和天皇の会談も行われたという歴史ある建物だ。

緑の芝が張られた広大な庭にイベント用のテントが張られており、中のテーブルでは様々なケータリング料理が提供されている。

チーズと卵をたっぷり使ったキッシュやデビルドエッグ、ウサギのイラストが描かれたクッキーなどのイースターらしい料理に加え、目の前の鉄板で焼いてもらえるステーキやラーメン、さらにはベジタリアンやアレルギーに配慮したメニューまであって、その種類の多さに驚愕《きょうがく》した。

――すごいところに来ちゃったなぁ。

驚くのは料理だけではない。今日の招待客は三百人ほどいるらしいのだが、政治家や役人のほかにも有名なコメンテーターや芸能人が数多く見受けられるのだ。そういう人たちは一様にそれらしい異彩を放っており、雰囲気《ふんいき》からすぐに業界人だとわかる。

――頑張っておしゃれしてきたけれど、やっぱり場違い感が半端ないな。

今日はハーフアップの髪をパールのクリップで留め、春らしいパステルピンクの膝丈ワンピースを着てきている。子供の多いカジュアルな集まりだということで、あまり畏《かしこ》まった格好にはしなかった。しかし同じような服装をしているはずなのに、歌手や女優さんはどうしてあんなに華やかに見えるのか。

「芸能人、おそるべし」

いや、違う。芸能人じゃなくても目立つ人は目立つわけで……。

少し離れたテントを見ると、飲み物を取りに行った航希さんがバーテンダーからシャンパンを受け取っているところだった。光沢のあるグレーのスーツに私と同じくパステルカラーのブルーシャツとネイビータイ。よくある服装なのに、彼の姿だけが輝いて見える。

——カッコいいなぁ〜。

有名人に囲まれていても見劣《みおと》りしないどころか、目立ちまくっているとはどういうことだ。

今日ここで紹介された彼の知人たちによると、航希さんは外務省の出世頭なのだという。

日本の外交政策においてアメリカとの関係が重要な位置を占めるのは周知の事実だ。なかでも国際連合の本部が置かれているニューヨークは重要拠点の一つであり、首都ワシントンとその両方に配属されていた航希さんは、アメリカとのパイプ役として将来を期待されているのだ……と、ついさっき挨拶《あいさつ》をした彼の同期にも聞かされたばかりだ。

ほかにも会う人みんなが揃《そろ》って褒《ほ》めまくるので、彼の立ち位置や周囲からの評価がなんとなくわかってしまった。

総合すると航希さんは昔からめちゃくちゃ優秀で、どこでもモテまくっていた……ということらしい。

『モテていた』のほうはハッキリそう言われたわけではないけれど、会話の最初に必ず「あの亘《わたり》がとうとう……」とか「この女性があの亘の……」という枕詞《まくらことば》がついてくるので、『ああ、かなりおモテになっていたんですね』と気づいてしまった次第だ。

——まぁ、あれだけハイスペックなイケメンだから当然か。

ぼんやりと見惚《みと》れていたら、両手にグラスを持ってこちらに戻ろうとした航希さんに女性二人組が駆け寄っていくのが見えた。

「んっ？」

二人ともテレビで見たことがある。一人は民放キー局の看板アナウンサーで、もう一人はあざといことで有名な人気女優だ。ぽってりした唇に笑みを浮かべながら上目遣いで彼に話しかけている。うん、たしかにあの表情と仕草《しぐさ》はあざとすぎる。

立ち止まって笑顔で相手をする航希さんにモヤっていると、彼がこちらを指さしながら彼女たちに何か言って戻ってきた。女性二人は怖い顔でこちらを凝視していたが、私が会釈すると「ふんっ」とそっぽを向いて反対側に去っていく。

「美緒《みお》、はい、シャンパン。向こうに新しい料理が出てたからあとで一緒に見に行こう」

「うん。お話はもうよかったの？」

「えっ？　ああ、さっきの二人か。ナンパされたから『妻がいる』って言ったら簡単に引き下がってくれたよ」

――いやいやいや、わかってないな～。

声をかけるときに航希さんの薬指のリングに気づかないわけがない。あの二人は彼に妻がいることなどは承知のうえで誘ったのだ。たぶんそこらの素人女《しろうと》には負けないという自信があってのことだろう。そういえばあのあざと可愛い女優は肉食系でも有名だった。

そして自分で『ナンパされた』などとさらりと言ってしまうあたり、航希さんはこういうシチュエーションに慣れているのだろう。やはり彼はかなりおモテになる人なのだ。

――そんな人が私のために甲斐甲斐《かいがい》しく飲み物を取りに行ってくれて、芸能人の誘いも袖にして戻ってきてくれたんだよね……。

「航希さん、今日は一緒に連れてきてくれてありがとう。みんなに紹介してもらえて嬉《うれ》しかった」

シャンパングラスをカチンと合わせ、ここは素直にお礼を言った。

「俺も美緒を自慢できてよかった。でもみんな揃って美緒のことをいやらしい目で見ていたから腹立たしかったけどな」

「いやらしい……って、全然そんなことなかったでしょ」

たしかにみんな『綺麗《きれい》な人だね』とか『背が高いからモデルさんだと思った』なんて言ってくれたけれど、そんなの社交辞令に決まっているし。

「いやいやいや、美緒はわかってないな。君は美人でモデルみたいな容姿なうえに、セックスを覚えてからは色気がダダ漏《も》れなんだ。君のほうこそナンパに気をつけてもらわないと」

「せっ……！　ちょっと、こんなところで不謹慎な発言をしないでよ」

「大丈夫、声のボリュームを抑えているし、周囲に人がいないのも確認済みだ」

たしかにはじめてのセッ……初夜のとき以来、彼の出張や午前様のときを除いてほぼほぼ毎日エッチをしているけれど。それで色気が出たとか言われても私には自覚がないし、夫の贔屓目《ひいきめ》が過ぎると思う。

「もっ、もう」

そんな会話を交わしていたら、遠くのほうから『局長』という単語が聞こえてビクッとする。

航希さんと揃って振り向くと、建物の中からやけに威厳のある中年男性が若い女性を伴って出てくるのが見えた。

「……後藤《ごとう》局長と娘さんだ」

航希さんに耳打ちされて、私の中に緊張が走る。後藤局長については、今日のパーティーに参加するにあたって航希さんから説明を受けていた。

後藤浩通《ひろみち》、五十五歳。外務省の主要部署を歴任してきた勤続三十二年の大ベテランで、北米局の現局長。航希さんの見合い相手であった後藤絵美里《えみり》さんの父親だ。娘さんのことを目に入れても痛くないほど可愛《かわい》がっているけれど、仕事の面では優秀で常識的な人……らしい。

後藤局長に私と結婚したことをどう説明したのかと思っていたが、『傷心中で落ち込んでいたところを励まされて結婚を決めた』と伝えたらしい。

『俺に抜かりはない。切なげな表情で、私は妻のおかげで救われました。今はしあわせです。絵美里さんにもおしあわせにとお伝えください。って言ったら逆に申し訳なさそうにしていたよ』

演技力の高さを誇《ほこ》らしげに語るので若干イラッとしたが、『それは大変よかったですね！』と満面の笑みで返しておいた。

局長は今日は親戚の結婚式があったそうなので、それが終わってからこちらに顔を出したのだろう。少し歩いては立ち止まり、外務省の関係者や政治家らしき人たちと次々に挨拶を交わしている。

——それじゃあ、隣にいるのが絵美里さん。

小柄で目が大きくて可愛らしい雰囲気《ふんいき》の人だ。披露宴の会場からそのままの格好で来たらしく、栗色に染めたロングヘアーは縦巻きで、黒いワンピースの胸元には紫色のコサージュをつけている。妊娠発覚後に子供の父親と結婚したとのことだが、お腹は目立っていないし独身のお嬢さんに見える。

「——美緒、挨拶に行くぞ」

航希さんがネクタイの位置を整えてスーツの襟を正す。顔からスッと笑みが消え、挑むような表情に変わる。

「はい」

私も慌てて背筋を伸ばし、歩き出す彼についていった。

「後藤局長、お疲れ様です」

「ああ、亘くん、お疲れ様」

「妻の紹介をさせてください。彼女が一月に入籍しました妻の美緒です。美緒、こちらは私の上司の後藤局長だ。隣にいらっしゃるのがご息女の絵美里さん」

航希さんの紹介で、後藤局長と絵美里さんもそれぞれ名乗って挨拶を終える。

――航希さん、切り替えがすごいな。

さっき見せた怖い顔は一瞬で、局長の前に来たときには柔和な表情になっていた。これが外務省職員として仕事をするときの彼であり、仮面をつけているときの顔なのだ。航希さんはいつもこうして器用にスイッチを切り替えてきたのだろう。

「美緒さん、彼は非常に優秀で参事官も目前だと言われているんだよ。未来の駐米大使か事務次官かな。外交官の妻としてしっかり支えてあげてください」

「はい、ありがとうございます」

「身にあまるお言葉です。精進させていただきます」

などと三人で話しているあいだも絵美里さんは黙って私を見つめている。視線に険があるのは気のせいだろうか。

――絵美里さんはまだ航希さんに未練があるのかな。でも彼女だって結婚したんだし……。

局長たちと別れ、私と航希さんがほかの参加者と話しているあいだにも、彼女の射抜くような視線を感じていた。

パーティーが中盤に差し掛かり一通りの挨拶が終わると、本日のメインイベント、子供たちのエッグハントタイムになった。大人たちが庭のあちこちに卵型のプラスチックケースを隠し、バスケットを持った子供たちが拾って楽しむものだ。カラフルなケースの中には小さなキャンディやおもちゃが入っている。

「エッグハントの前に洗面所に行ってくる」

トイレのある公邸内に入る航希さんをなんの気なしに見送っていたら、そのあとを追うように小走りで建物に入っていく人物が目に留まった。

――あれは、絵美里さん⁉

ただの偶然かもしれない。けれど嫌な予感がして私もすぐに建物へと向かう。中にいた女性にトイレの場所を尋ねてそちらに行くと、男性用トイレの前に立っている絵美里さんを発見した。間違いない、彼女は航希さんを待っているのだ。

絵美里さんは航希さんが出てくるやいなや彼の腕を引っ張って、少し離れた階段の陰に連れて行く。私も急いであとを追い、廊下の曲がり角で身を潜《ひそ》めると、二人の会話に耳を澄ませた。

「私、やっぱり航希さんがいい。私は航希さんと結婚したかったのに、パパが子供の父親と結婚しろって言うから仕方なく……。ねえ、お願いだから彼から私を奪って」

——はぁ⁉

あの人は一体何を言っているのだ。今からロミオとジュリエットごっこでもするつもりなのだろうか。悲劇のヒロイン気分で自分に酔っているのかもしれないけれど、先に航希さんを裏切ったのは彼女自身だということを忘れてはいないだろうか。

しかし今はそれよりも航希さんの反応だ。まさかあんな女性にぐらつくとは思えないが、事と次第によっては説教コース、いや、エッチ禁止令を発令することになるかもしれない。

息を殺して見守っていると、絵美里さんが航希さんの腕にしがみついた。

「ねえ、なんとか言ってよ。このまま私がほかの男のものになってもいいっていうの？」

——ちょっ、人の夫になんてことを！

これは飛び出すべきかと身構えたとき、航希さんが自分の腕から彼女の両手を引き離した。

「……局長がおっしゃるとおりです。私もそれが正解だと思いますよ。さあ、もう行きましょう。こんなところを誰かに見られたら困る」

「私は見られたって構わないのに！　ねえ、航希さん、あなたが結婚したのは私への当てつけでしょう？　そうじゃなきゃあんな人……」

「愛しています」

「でしょ？　あなたはやっぱり私を……」

「冗談じゃない。私は妻を、心から愛しているんです。こんなところを見られて誤解されたくないし、正直言ってここであなたと話している時間がもったいない。あなたも早くご主人のいる家に帰ったほうがいい。話がそれだけなら失礼します」

背中を向けた航希さんに、彼女が慌てて声をかける。

「なっ、何よ、あんな巨人みたいに背が高いだけのブス！　私のほうが可愛いんだから！　あとで絶対に後悔するに決まってるんだから！」

航希さんが立ち止まり、彼女のほうを振り返る。

「……いい加減にしろよ。あんたが局長の娘だから我慢して話を聞いてやったが、これが男だったら即行で殴りつけているところだ。俺の妻は世界一賢くて優秀で、外見も中身も美しいんだ。あんたと同列で比べることさえおこがましい」

怒りを孕《はら》んだ低い声に彼女が唇をわななかせる。

航希さんが今度は笑顔で言葉をかぶせた。

「ああ、そういえばお礼を言うのを忘れていました。あなたとの縁談がなくなったおかげで愛する女性と巡り会うことができました。そのことだけは本当に感謝しています。私のことならお構いなく。これからはご主人とお腹の赤ちゃんをお大事になさってください。では」

慇懃無礼《いんぎんぶれい》に発せられる言葉は暴言以上に迫力がある。絵美里さんはとうとう言葉を失った。

茫然と佇《たたず》む彼女を置いて、航希さんがこちらに歩いてきた。廊下を曲がって私に気づくと「うわっ」と小さく声をあげて足を止める。

「……外に出るぞ」

背後の絵美里さんを気にしながら早歩きで中庭へと向かう。

「なんだ、もしかして聞いていたのか」

「うん、聞いちゃった」

歩きながらヒソヒソと会話を続ける。

「そうか。まぁ、そういうことだ。気にするな」

そこで私は足を止め、横から彼のスーツの袖をクイと引いた。

「ねえ、あんなことを言っちゃってよかったの？　上司の娘さんなんでしょ？　心象を悪くしたら……」

「なんだ、俺に彼女と結婚してほしかったのか」

「そういう意味じゃないけれど……」

毅然《きぜん》とした態度をとってくれたのは嬉しいけれど、それで航希さんの出世の道が断たれるのは心外だ。彼の目標でもあることなのに。

「構わない。俺に借りがあるのは向こうだし、何より俺には実力がある。自分の力で上に行くから問題ないさ」

「すごい自信」

「そうだな。美緒が一緒にいてくれさえすれば、俺はいくらだって頑張れるし自信が持てる。だから君は変な心配などせずに、こうして俺の隣にいることだけを考えろ。わかったか？」

「……はい」

「よし、だったらあとはいっぱい食べて飲んで、パーティーを楽しんで帰ろう」

――あっ、本物の笑顔。

目を三日月みたいに細めて眩《まぶ》しそうに私を見つめてくる。仕事用でも偽物《にせもの》でもないこの笑顔が大好きだ。

こんなに素敵《すてき》な人なのに、女性の誘惑に惑わされることなく、私を庇《かば》って褒《ほ》めてくれて。私の夫なのに憧れのヒーローを見ているみたい。胸がときめいて仕方がない。

「うん、百点満点！」

「は？」

「ふふっ、エッチが禁止にならなくてよかったね」

「はぁ!? そんなのありえないだろ……というか、どういう意味だ」

発言の意味を問いただしたそうにしている彼をそのままにして外に出る。中庭ではちょうどエッグハントが始まったところだった。子供たちがバスケットを片手に走りまわり、木の根元に置かれた卵を拾ったり植え込みの中を覗《のぞ》き込んだりしている。

「わぁ、本当のエッグハントをはじめて見た。以前にアメリカの子供向け映画でこういうシーンを観て興味があったの」

「そうか、楽しんでもらえて何よりだ」

「航希さんはアメリカでエッグハントを見たことって……あっ！」

そのとき目の前を駆けていた五歳くらいの男の子が勢いよく転び、手に持っていたバスケットを落としてしまった。プラスチックの卵があたり一面に転がって、男の子が泣き出しそうな顔になる。私は咄嗟《とっさ》に彼に駆け寄っていた。

『大丈夫!?』

英語で話しかけながら抱き起こし、彼の前でしゃがんだまま洋服についた汚れをはたき落とす。

『どこか痛む？　手のひらを見せてみて』

全身をざっと観察してみたが、芝生の上だったのが幸いして怪我《けが》はなさそうだ。よかったと胸を撫《な》で下ろしたところで航希さんもやってきた。

「どうやら大丈夫そう。この子の卵を拾ってもらえる？」

彼を見上げてお願いしたところで背後から『オリバー！』と大声が聞こえてきた。振り向くと金髪の女性がこちらに駆け寄ってくる。彼女は少年を抱きしめると、私に向かって『どうもありがとう』とほっとした表情を浮かべた。

——あっ、この方は……。

私は慌てて立ち上がり、『Her Excellency Mrs. Jessica Longhill, Ambassador of the United Kingdom』と高官向けの呼びかけをした。隣の航希さんも同じように英語で挨拶をして丁寧に頭を下げる。

彼女はジェシカ・ロングヒル駐日英国大使だ。お子さんがいるとは知っていたが、そうか、この少年は彼女の息子さんだったのだ。

『大使、お会いできて光栄です。私は外務省職員の亘航希の妻で美緒と申します。オリバー君に怪我がなくて何よりでした』

『ありがとう、ジェシカ・ロングヒルです。息子のオリバーを助けてくれてありがとう。オリバー、ちゃんとお礼を』

母親に促されたオリバー君は、『ありがとうございます。ミオ、あなたはとても美しいですね。僕と結婚してください』とつぶらなブルーアイで見上げてきた。

——キュン！

こんな可愛い少年にプロポーズされて嬉しくないわけがない。しかし私は既婚者なので、『ありがとう。でも私には夫がいるの』と隣の航希さんを指し示す。航希さんがオリバー君の前に身を屈《かが》め、『オリバー、申し訳ないですが美緒は私のものなので諦めてださい』と笑顔で言ってのけた。

『ふふっ、オリバー、ミオはミスター・ワタリと熱愛中らしいわよ。諦めなさい』

大使の言葉にその場がどっと盛り上がる。

『ちぇっ。だったらミオ、せめてティータイムをご一緒してくださいませんか？　僕にお礼をさせてください』

——お礼？

相手は大使のご子息だ。どうしたものかと航希さんと顔を見合わせていたら、ロングヒル大使が『私もご一緒したいわ。それでは奥でいかがかしら』と建物の中を指し示す。

なんだか大変なことになってしまった……と思いながら大使母子と連れ立って奥の部屋へと

移動した。

アメリカ大使公邸には図書室やゲストルームなどいくつもの部屋があるが、今回は一番広い大広間が招待客に開放されていた。外での立ち話に飽《あ》きた人たちが、ここでグラス片手にゆったりとお喋《しゃべ》りを楽しんでいる。

私たちは大きなテーブルの空いていた席に腰掛けると、給仕が運んできてくれたイギリス産の紅茶を堪能する。オリバー君は私の隣を陣取ってオレンジジュースを飲んでいた。

『ミオ、僕を助けてくれた女神にピアノ演奏を捧げます』

広間に置かれた白いグランドピアノのほうにトコトコと歩いて行くと、母親に椅子《いす》の高さを調整してもらって『きらきら星』を披露してくれた。右手に左手が追いつかず途中で音が途切れたりもしたが、五歳児らしくシンプルで可愛らしい演奏だ。

気づくとアメリカ大使夫人とその娘さんたちもやってきて、仲良く遊ぶ子供たちを眺《なが》めながら大人同士の会話が始まっていた。

『ミオ、あなたは綺麗なキングズ・イングリッシュを話すのね。留学経験は？』

『ありません。でも元々英語は習っていて、航希と結婚してからはイギリス人講師に英会話を習っているんです』

外交官の妻として世界各国に行くのであれば、より多くの国が使用しているイギリス英語を学んでおいたほうがいいと考えたのだ。それに外交の場では今日のように目上の相手と話す機会も増える。であれば上流階級でも通用するキングズ・イングリッシュを選択すべきだろう。

一方のアメリカ大使夫人とは、年末にニューヨークに行った話題で盛り上がる。

『私と航希はニューヨークで出会ったんです』

『私が妻に一目惚《ぼ》れして、猛アプローチの末プロポーズを受け入れてもらいました』

途中の経過をかなり大幅に端折《はしょ》っているが、この話に目の前の二人が食いついた。興味津々で次々と質問してくるものだから説明に困る。

それでも航希さんが『プリティ・ウーマン』ごっことかカウントダウンの花火、夫婦喧嘩《げんか》したときに実家まで追いかけたエピソードをドラマチックに仕立てて語って聞かせると、二人とも夢見るような顔で『アメイジング！』と興奮気味に声をあげる。ロマンチックなストーリーが乙女心をくすぐるのは世界共通らしい。

『コウキ、あなたは素晴らしいワイフをお持ちだわ。プライベートでは私のことをジェシカと呼んでちょうだい』

仕事以外の場ではファーストネームで呼ぶ許可までいただき、オリバー君ともまたの再会を約束して席を立つ。

パーティー会場をあとにするときに後藤局長と絵美里さんがアメリカ大使に挨拶していると ころに出くわした。

「マジか、彼女、会話が成立していないじゃないか。あのレベルで英語が得意とかよくも言え たもんだな。きっと局長の赴任先では現地校でなく日本人学校に通っていたんだろう」

見合いのときを思い出したのか、航希さんが忌々《いまいま》しげに吐き捨てていた。

「――それにしても美緒はすごいな。俺の想像を超えてきた」

マンションに帰る道すがら、二人で並んで歩きながら今日の出来事を振り返る。彼は私が想像以上にキングズ・イングリッシュを習得していたことに驚いたそうだ。イギリス人講師に教わっていることは報告していたが、恥ずかしさもあって彼の前では披露したことがなかった。

「見事に上流階級向けの英語だった。生粋《きっすい》のイギリス人が褒めるくらいだからたいしたものだ」

「アメリカ英語と微妙に違って混乱する部分もあるけれど、『R』の発音はアメリカほど舌を巻かなくていいし、こっちのほうが発音しやすい気がする。イギリス英語のほうが日本人には合っているのかもしれないね。ちゃんと勉強の成果が出てたらいいんだけど」

「出てた。すごかった、それこそアメイジングだ」

手放しの褒めように照れくさくなる。

「それと、君はロングヒル大使のことを最初から知っていたのか？　やけに反応が早いと思ったんだが」

彼女がオリバー君に駆け寄ってきたとき、私がすぐに大使に対する挨拶をしたので不思議に思っていたのだという。

「うん、今日はあの会場にほかの国の関係者もいらっしゃるって聞いてたから、念のために主要国の大使の顔と名前を頭に入れてきたの。さすがに全員は覚えきれなかったけれど、ふふっ、ヤマが当たってよかった」

途端に彼が両手で顔を覆《おお》う。

「君はまったく……これ以上俺を惚れさせてどうしたいんだ。こんなの反則だろ！　……帰ったらすぐに抱くぞ」

私の手をギュッと握ると早足で家路を急ぐ。

――ああ、頑張ってよかった。

結婚してすぐに決めた二人のルール。そのときに私は外交官の妻として相応《ふさわ》しくなりたいと思った。

一時は自信をなくして失望して、すべてを諦めかけたときもあったけれど……。

「少しは航希さんの役に立てたかな、役に立てていたらいいな」

「役に立ったに決まってるだろ。美緒は俺の自慢の妻で、自慢のパートナーだ」

そして私自身も、徐々にでいいから成長できていたらいいなと思う。

きっとそれは自分の血となり肉となり、背骨になって私を支え、これから生きていくための力となるに違いない。

7、夕日に溶ける　Side航希

マンションの玄関に入ってドアを閉めた直後、膝から彼女を抱き上げた。猛スピードで夫婦の寝室に連れ込んで、クイーンサイズのベッドに放るように下ろす。

「待って、先にシャワーを」

「無理、待てない」

俺はベッドサイドで乱暴に服を脱ぎ捨て全裸になると、ベッドに飛び乗り美緒《みお》のワンピースの裾をたくしあげる。

「えっ、嘘《うそ》っ、ちょっと……！」

抵抗する間など与えない。一気に下着とストッキングを引き下ろし、くしゃっと丸めて床に放り投げた。そのまま素肌の股にしゃぶりつく。まるでおあずけをくらっていた犬みたいだ。

自分でも頭のネジが飛んでいるなと思ったが、本能のまま目の前の餌《えさ》に食らいついた。そこかしこに舌を這《は》わせて蜜を啜《すす》る。

パーティーの帰り道からこうしようと決めていた。

今日の美緒《みお》はあまりにも魅力的すぎた。パステルカラーのワンピースと同色の五センチヒール。淡水真珠をあしらった髪留めは、美緒の艶《つや》のある黒髪に映えている。

外務省の同僚や仕事で知己になった人々に美緒を紹介するたび、一様に驚きの目で見られた。俺が後藤《ごとう》局長の娘と見合いをしたことは誰にも口外していなかったのだが、どういうルートからか、うっすら噂《うわさ》が流れていたらしい。

それが蓋《ふた》を開けてみれば絵美里《えみり》は違う男と結婚するし、俺はといえば帰国早々披露宴もせずに知らない女と入籍していた。どういうことなのかと様々な憶測が飛んでいたのは想像に難《かた》くない。

みんな後藤局長に聞く勇気なんてないから、当然ターゲットは俺に絞られる。職場で遠回しに探りを入れられたり直接メールで聞いてきたりする強者《つわもの》もいたが、俺は堅く口を閉ざして真実を語らなかった。

ただひたすら『ニューヨークで見初《みそ》めて結婚を決めた』と繰り返していたら、これ以上は聞いても無駄だとわかってくれたようで追求されることがなくなった。

そんな連中にとって、イースターのパーティーはもってこいの真相追求の場だったのだろう。

会場入りした途端、面白いくらいにわらわら人が集まってきた。

美緒を見た男たちは、まず最初に彼女のスタイルのよさと凛《りん》とした佇《たたず》まいに度肝を抜かれる。そして会話の切り替えの速さや控えめな美しさに魅了され、海外のゲストと流暢《りゅうちょう》な英語で会話しているのを見て理解する。

ああ、亘《わたり》が惚《ほ》れたというのも納得だ……と。

――そうだろう、そうだろう。しかし悪いな、彼女はもう俺のものだ。

ニューヨークで一目見たときから彼女は逸材だと思っていたんだ。しかし驚くなかれ、彼女の魅力は外見だけじゃない。知性も上品さも深い愛情も持ち合わせた最高の女性なんだ。今日はワンピース姿を拝ませてやっただけでも感謝してほしいくらいだ。

そんな気持ちで楽しく過ごしていたら、予期せぬところから伏兵が現れた。五歳のナンパ少年、オリバーだ。

絹のように輝く金髪と美しいブルーアイの持ち主で、おまけにロングヒル駐日英国大使の息子というロイヤルストレートフラッシュ並みの手札を持った彼は、天使のような笑顔で美緒にプロポーズをした。

そのうえ『お礼にティータイムをご一緒に』とか『女神にピアノ演奏を捧げます』などと、五歳にして抜群のキザさと強引さまで持ち合わせている。

なんとなく自分と既視感を覚えたところで危機感を持った。

――五歳児でも侮《あなど》れない！

彼に『オリバー、申し訳ないですが美緒は私のものなので諦めてだださい』と告げたときの俺の目は笑っていなかったと思う。まあ、それは俺の勝手な嫉妬であり、もちろん美緒が心移りすることもなく、心配は杞憂に終わったのだが。

今日一日だけでも彼女の努力の跡や優しさや賢さが溢れすぎていて、彼女に対する俺の感情がどうにも抑えきれなくて。

「君はまったく……これ以上俺を惚《ほ》れさせてどうしたいんだ。こんなの反則だろ！　……帰ったらすぐに抱くぞ」

抑えられないものはしょうがないだろう？　好きなものは思う存分味わいたいし、誰にも渡さず一口も残すことなく食べてしまいたいと思うだろう？

だから今日は帰ってすぐに、美緒を丸ごと食べ尽くそうと決めた。


「――ねえ、カーテン、閉めて……っ」

三月終わりの午後五時は、日没までにはまだ早い。カーテンが開いたままの明るい部屋で光を浴びる彼女の肌は、神々しいほど輝いている。

美緒が恥ずかしがるのも可愛《かわい》いし、そんな姿を誰かに見られてしまうんじゃないかというスリルで俺の劣情が煽《あお》られた。

髪留めがズレて、乱れた黒髪が扇のようにシーツを覆《おお》う。パステルピンクの可愛いワンピースを身につけた下半身はあられもない姿で、蜜をダラダラ溢れさせながら俺を誘っている。

「ちょっと待って、恥ずかしい」

「嫌だ」

俺は彼女の言葉を遮《さえぎ》るように、スラリとした両脚を肩に担ぎ上げる。大きく開いた中心にキスをしてからその上に鎮座する蕾《つぼみ》を口に含む。唇で挟み込んだまま舌で転がしてやると、ぷっくり膨らんで飴玉みたいに硬くなった。剥《む》き出しになるのを見届けて強く吸い付いたら、美緒が腰をひねって苦しがる。

「嫌っ、もう駄目《だめ》っ！　刺激が強いから……っ！」

まだ駄目だ。すかさず蜜口に指を差し込み擦《こす》り上げる。同時に蕾を高速で舐《な》めまわしたら、身体をビクンビクンと震わせながら美緒が絶頂を迎えた。太ももが俺の顔を両側から締めつける。

俺はようやく美緒の脚を解放してやると、サイドテーブルから避妊具を取り出した。膝立ちで装着していると、美緒が肩で息をしながらぼんやりと眺《なが》めている。

「こんなの……外から見えちゃうよ」

「そうかもな。まだ明るいから美緒のココも丸見えだ。ほら、こんなにヒクヒクしている。気持ちよかった？」

「よかったけど……恥ずかしい、よ」

ゴムを被せる手を止めて、俺はじっと美緒を見下ろす。

「ごめん、俺はもう、何一つ見落としたくないんだ」

俺は狭量な人間だから、パーティー会場でほかの男どもが美緒に見惚《みと》れるのも五歳児に勝手にプロポーズされるのも許せないんだ。それに君が想像以上のスピードで変わっていくことに焦《あせ》ってもいて……。

「君が成長するのは嬉《うれ》しいし、俺だってもっと頑張るつもりでいる。けれど成長したその先で君が誰かに奪われることを想像したらじっとしていられないんだ。情けない男だと笑われたっていい、今は美緒のナカに挿入《はい》らせてほしい。駄目か？」

美緒がこんな姿を晒《さら》すのは俺だけなのだと、可愛い啼《な》き声も淫乱な顔も、俺だけのものだと実感したいんだ。

「駄目なはずないよ。私だって航希《こうき》さんが女性の目を釘付けにしていて妬《や》いたんだからね。私だって早くあなたに追いつきたいって思ってるし、それに、いつも航希さんを独り占めしたいって思ってるよ」

いじらしい台詞《せりふ》に心が疼《うず》く。同時にそんな彼女をいじめたい気持ちも湧いてきた。

この素直で優しい妻を思いきり可愛がりたい、けれど、もっと恥ずかしい思いをさせたい、啼かせたい……。

不思議な感情がないまぜになって、嗜虐心《しぎゃくしん》を加速させる。

「……美緒、俺に乗って」

「えっ？」

「騎乗位、したことがないだろう？　いつもと角度が違って気持ちいいし、美緒が自分でイイところをあてられる」

彼女は迷っている様子だったが、しばらくするとコクンとうなずき身体を起こした。入れ替わりで俺がベッドに横たわる。

俺の指示に従って美緒が腰のあたりに跨《また》がった。中心に俺の屹立《きつりつ》をあてがうと、軽く唇を尖《とが》らせて不満げに口を開く。

「……そういうのってズルいと思う」

「えっ？」

「そういう慣れた感じのことを言われたら、嫌でもほかの女の人とシていたんだなって想像するじゃない。今日は私だってカッコいい航希さんに惚《ほ》れなおしたし嫉妬してたんだよ。元カノたちに負けたくないし、恥ずかしくたって頑張ろうって思っちゃうじゃない」

怒ったような困ったような複雑な顔でこちらを見下ろしてくる。

「ご、ごめん？」

「いいよ、私だって今日は航希さんにいっぱい褒《ほ》めてもらえて嬉《うれ》しかったし？　だからお礼をしたいって思うし？　……それに、ちょっと興味もあるし」

そのままじっと俺を見つめて頬を染める。

――ここでそんな可愛いことを言うか……！

「悪い、やっぱり待てない」

美緒の腰を両手でしっかり固定すると、下から一気に貫いた。

「あっ、ああーーっ、やぁっ！」

下半身に溜まりまくっていた欲望が、美緒の中心を突き上げる。ガツンガツンと力任せに腰をぶつけると、脳髄まで痺《しび》れが伝う。

「……っは、気持ちいい……、美緒、気持ちいいよ」

心からの感嘆が、自然と口をついて出る。

美緒が言うとおりだ。俺は過去にほかの女性と寝てきたし、騎乗位も、もっと際どい体位だって済ませてきた。

けれどあんなの全然違う、今しているコレとは別物だ。

本物のセックスは馬鹿になる。抑えなんて効かなくて、まったくコントロールなんてできなくて。挿入った途端に腰から下が痺れて溶けて、理性なんて一瞬で吹き飛んでしまうんだ。

「美緒、美緒……っ」

「あ……っ、んっ」

俺に揺さぶられながら苦悶の表情を浮かべていた彼女が、徐々に色っぽい喘《あえ》ぎを洩《も》らし始める。俺のお腹に両手を置いて、瞳を細めて恍惚《こうこつ》とした顔になる。その色っぽさに見ているだけで吐精感が込み上げてきた。

嫌だ、ずっとナカにいたいのに、もっと君を感じていたいのに。

下腹部にぐっと力を入れてどうにか耐える。

目の前で美緒の胸がぶるんと揺れた。下から両手で鷲掴《わしづか》んでゆさゆさと揉《も》み上げながら、指の腹で先端のピンクを転がしてやる。彼女が胸を反らして嬌声《きょうせい》をあげた。

「ああっ！　……イイっ、航希、気持ちい……っ」

――航希!?

呼び捨てなんてはじめてだ。彼女はきっと無意識に名前を口にしたのだろうが、この局面でこんなことを言われたらすぐに達してしまうじゃないか。

全身の血液が一気に先端へと集まっていく。

「うあっ、美緒……出るっ！」

歓喜と羞恥《しゅうち》と解放感と。様々な感情と己の熱を吐《は》き出して、俺は彼女を残してあっけなく達してしまった。

「ごめん、美緒。もう一度、いい？」

避妊具を付け替えながら彼女の顔をチラリと見やる。

「今度はカーテンを閉めてくれる？」

「……嫌だ」

「もう、いじわる」

「ふっ、男は好きな子ほどいじめたくなるもんなんだよ」

そこはどうしても譲れない。だって今日は美緒が俺を名前呼びしてくれた記念日だ。

彼女の吐息もこぼれる蜜の一滴でさえも、何一つ取りこぼしたくないから。しっかりこの目に焼き付けておきたいから。

——君がくれるもの全部、俺のものだ。誰にも渡さない。

「今度は一緒にイこう」

まだ潤《うるお》いの残るソコにゆっくり己の分身を沈めていく。クチュと湿った音がした。熱くて狭い美緒のナカは、まるで待ち構えていたかのように俺の根元を締めつける。一度達した直後でもすぐに持っていかれそうだ。

「ああ、やっぱり美緒のナカは気持ちいい……」

「私も、気持ちいいよ」

腰をグリグリ押し付けつつ、わざとスピードを緩めてやる。美緒が切なげに下半身をモゾモゾさせた。とっとと達した俺と違って、中途半端に終わっている美緒は不完全燃焼なままなのだろう。

「美緒、イきたい？」

「ん……っ、航希さん、もっと」

「了解。美緒のナカを俺でいっぱいにするよ。だから美緒も全身で受け止めて。それと……俺の名前をずっと呼び捨てにしてほしい」

美緒が恥ずかしそうにうなずいて、俺は全力疾走すべく腰を出口ギリギリまで引き抜いた。

パンッと勢いよく子宮口まで突き上げると、美緒が歓喜の声をあげる。

「ああっ、航希っ……航希……っ！」

——ああ、最高だ。

窓の外から夕方の光が差し込んで、俺たちの姿を茜《あかね》色に染めていく。不意に美緒の生まれ故郷の景色を思い出した。

俺がすべてを打ち明けたあの日、二人並んでベンチで見上げた夕焼け空。キスする間際、彼女の瞳には綺麗《きれい》なオレンジ色と俺の顔が映り込んでいて……。

――俺たちは今、細胞単位で溶け合っている。互いの想いも記憶さえも、二人で一つになったんだ……。

「美緒……好きだ、大好きだ」

沈みかけの太陽が眩《まぶ》しいほどの光を放ち、部屋の中が金色に満たされていく。

なんだか無性に泣きたくなって、彼女をキツく抱きしめた。口づけを交わす一つの影が、くっきり長く伸びていた。

8、最後の契約

「航希《こうき》ー！　ペアのマグカップ、どうするー？　持っていく？」

キッチンから大声で尋ねたら、彼のいる寝室から「そりゃあ持っていくだろー！　置いていったって埃《ほこり》をかぶるだけだぞ！」と大声が返ってきた。

「美緒《みお》ー！　洋服を入れる段ボールを組み立てておいたぞ！　そっちが終わったらクローゼットの整理もできるか？」

寝室から大きな声で聞かれたから、「オッケー、こっちはもうすぐ終わるー」と返しておいた。

荷物の発送までは残り二週間、マンションの明け渡しまでは一ヶ月。引っ越しの準備を急がなくてはならない。

航希のアメリカ行きが決まったのは二ヶ月前のことだった。

外交官である以上は海外勤務が必須なので、二、三年でまた在外公館に行くのだろうな……

などと思っていたら、ニューヨークからの帰国後二年も経たずにワシントンD.C.の日本大使館に行くことになったのだ。どうやらアメリカの国務長官が航希を気に入っているらしく、交渉に必要だからと鳴り物入りで送り出されることになった。

在外公館勤務でアメリカばかり連続というのは珍しいらしいが、それだけ彼が優秀で信頼されているのだろう。実際今度は参事官に昇進しての渡米になる。

「美緒、ちょっと休憩して蕎麦《そば》でも食べに行こうか」

航希が額の汗を拭《ぬぐ》いながら部屋から出てきた。七月中旬の暑さは尋常じゃないのでもちろんクーラーをかけてはいるのだが、片付け中は少しだけ窓を開けているので冷房の効きが悪いのだ。

「賛成！　ちょっと待って、顔を洗って化粧をなおす」

「べつにそのままでも美人なのに」

「またそういうことを言ってくれちゃって〜。でも航希の職場の人に会ったりしたら恥ずかしいし、最低限だけね」

結婚後一年半経っても私たちはラブラブだ。

二人で行きつけの手打ち蕎麦屋に行ってざる蕎麦を注文する。

「ねえ、使いかけの調味料とかお茶っ葉とかを中村《なかむら》さんにあげちゃってもいい？」

「あちらが使いかけでもいいって言うのなら俺は構わないが」

「なんでももらってくれるって言ってた。それじゃあ、そうするね」

中村さんは下の階に住んでいる五十代のご夫婦で、今のマンションには私たちよりも長く住んでいる。子供たちの独立後に家を売って引っ越してきたのだそうだ。

航希と二人で引っ越しの挨拶《あいさつ》に伺ったときに気さくに話してくださって、以来、お互いの部屋でお茶をしたりおかずのお裾分けをしたりする間柄になった。

ちなみに私たちのお隣の住人は一人暮らしの男性だ。どうやら会社員らしい。挨拶に行ったときは普通に応対してくれて悪い印象はないものの、航希が『独身男に近寄っては駄目《だめ》だ』と警戒するのでたまに挨拶する程度だ。

「中村さんがね、せっかく仲良くなったんだし、帰ってきたらまたお茶でもしましょうよって。都会人は冷たいかと思ってたけど、そうでもなかったね」

「美緒が特別なんだろう。引っ越しの挨拶に行くと言い出したときはまさかと思ったが、まあ、結果的にはよかったよ。近所に頼れる人がいれば俺も安心だ」

引っ越し蕎麦を茹《ゆ》でられずにこのお店に来たことや、引っ越しの挨拶をするしないで揉《も》めたことが昨日のことのように思い出される。

——そうか、なんだかんだで私はあのマンションに一年半も住んでるんだな。

「想い出がいっぱいで、いざ引っ越すとなると寂しいもんだね」

「また戻ってこられるさ」

「そうだといいな」

航希の大使館勤務が九月一日からなので、私たちは八月中旬に渡米して生活のセットアップをする予定になっている。その前にマンションを出て鍵を委託業者に渡さなくてはいけない。

マンションをそのままにしておくか貸し出すかで迷ったのだけれど、二年間限定で貸し出すことに決めた。不在のあいだずっと閉め切っておくよりも、誰かに住んでもらったほうが長持ちすると考えたからだ。

ソファや飾り棚など大きな家具はそのまま置いていくが、その他の細々したものはアメリカに送るか貸し倉庫に預けるか処分するかになる。今はそれを整理している最中だ。

「俺がギリギリまで忙しいせいで、日曜日くらいしかゆっくり手伝えなくて悪いな。いざとなったら引っ越し業者に丸投げでもいいんだぞ」

「ううん、航希との思い出が詰まった部屋だから、感謝の気持ちを伝えながら片付けていきたいし」

「そうか。俺は君のそんなところが好きなんだ」

三日月みたいに目を細め、私にふわりと微笑《ほほえ》みかける。

彼は両想いになってからというもの、呼吸をするのと変わらないくらいナチュラルに愛の言葉を言ってくるようになった。

それまでだってキザな言動が多かったけれど、今のはそれと違って本当に私のことが好きでたまらないという感じが溢れているのだ。この前実家に帰ったときには、その様子を見ていた美紀《みき》に『激甘外交官の爆誕だね。永遠の新婚じゃん』などと変なキャッチコピーをつけられてしまっている。

——それがまんざらでもない私も大概だけど。

最初の頃こそ胸がくすぐったくてツンケン言い返したり憎まれ口を叩《たた》いてしまっていた私だけれど、今は彼の言葉を素直に受け取って感謝することにしている。

気持ちをちゃんと伝えることの大切さを身に沁《し》みて知っているから。

「それじゃあ帰って片付けの続きを始めましょうか」

「そうだな、また頑張るか」

二人で同時に手を合わせ、「ごちそうさま」をして店を出る。暖簾《のれん》をくぐって外に出たところで、ちょうど店に入ろうとしている男性客と鉢合わせた。

「あっ、ごめんなさい」

「おっと、失礼」

私と男性が同時に会釈したところで、「父さん……」と後ろで航希が呟《つぶや》いた。向かい側の男性も大きく目を見開いて、私の後ろの航希を見つめている。

——お父さん!? それじゃあ、この方が……。

目の前にいるのは上品そうな中年男性。黒いポロシャツにカーキ色のチノパンが細身のシルエットに似合っている。髪は染めているのか黒々としているし、姿勢もいいので若々しい。航希さんの父親であれば六十代前半なのだろうが、ぱっと見はもう少し下の年齢に見えた。

「おい、俺は先に入って席を取っておくぞ」

「ああ、ざる蕎麦を注文しておいてくれ」

彼と一緒にいた同年代の男性が、こちらに軽く会釈だけして店に入っていった。もしかしたらこの状況に気を利かせてくれたのかもしれない。

私たちは店の入り口から少しだけ横に移動すると改めて向かい合った。

「……航希、久しぶりだな」

「お久しぶりです」

二人のあいだに流れる空気がどんより重い。固唾《かたず》を呑《の》んで見守りつつ、どこかで挨拶しようとタイミングを計っていたら、お義父《とう》さまが急に私に視線を向けた。

「あなたが航希の？」

「は、はい！　美緒と申します。ご挨拶が大変遅れ……」

「美緒さん、はじめまして。さっきいたのは私の元同僚でね、今はボストンに住んでいるんだ。久しぶりに日本に来たものだから、美味《おい》しい蕎麦でも食べようということになって」

ここはその昔、お義父さんも同僚とよく立ち寄っていた店なのだという。

——あれっ、たしか私との結婚を反対してたんだよね？

柔和な笑顔で穏やかに話しかける姿は紳士そのもので、元外務省職員の肩書きが似つかわしい。航希から聞いていた雰囲気《ふんいき》とあまりにも違うので戸惑ってしまう。

しかしそのうちに気がついてしまった。彼は航希と目を合わせようとしていない。きっとお義父さまは航希と話すのが気まずいのだ。だから私にばかり話しかけているんじゃないだろうか。

——どうしよう、これは余計なお世話かもしれない。でも、今このときを逃したら、航希は一生……。

でしゃばるつもりは毛頭ない。二人の仲介をしようなどとも思わない。けれど、今この場から二人が立ち去ろうとしないということは、そういうことなんだと思うから。

「お義父さま、私たち、八月中旬に渡米するんです」

私の発言を呼び水に、とうとう航希が口を開いた。

「父さん、俺、来月からD.C.に行く。今度は参事官だ」

「そうか……おめでとう、頑張ったな」

お義父さまが航希の肩にポンと右手を置いた。その瞬間、航希の表情がぐにゃりと崩れる。

「……ありがとう」

震える声で短く答え、唇を引き結んだ。

お義父さまは航希から私に視線を移す。

「息子をよろしくお願いします」

黙って軽く会釈をすると、暖簾をくぐって店に入っていった。

彼の背中を見送って、二人で顔を見合わせる。私たちは自然に手を繋《つな》いで歩き出した。

「お義父さまに報告できて、よかったね」

「……ああ、よかった」

「あれっ、やけに素直。参事官だって言ってやったぞ、えっへん！　くらいは言うかと思ってたのに」

「ハハッ、そんなこと言わないよ……うん、言わない」

航希が急に立ち止まり、私をじっと見つめてくる。声のトーンが真剣なものに変わった。

「美緒、ありがとう。君が一緒じゃなかったら、俺は父さんと一言も交わせなかったと思う」

「私こそ、ちゃんとご挨拶ができてよかったよ。お義父さま、航希と食の好みが似てるんじゃない？　同じ馴染《なじ》みの店で、同じざる蕎麦を注文するとか。それに顔も……」

「似てないよ！　俺は美緒一筋だし、俺のほうが出世するし、いい男だし」

私の言葉を遮《さえぎ》って、航希が唇を尖《とが》らせる。反抗期の少年みたいで可愛《かわい》らしい。

「ふふっ」

「なんだよ、本当だからな」

「はいはい」

再び並んで歩き出す。彼が握る手にギュッと力を込めてきた。私もギュッと握り返す。

――お義父さまに会えてよかったな。

私にお義父さまの本心はわからない。もしかしたら私に向けた笑顔も挨拶もただの社交辞令なのかもしれないし、航希と同じく外面《そとづら》大魔王なのかもしれない。

けれど、それでも。肩に手を置いたときのお義父さまが、心から嬉《うれ》しそうに私には見えた。

あの会話を交わしたときの二人には、たしかに親子としての心の繋がりを感じられたのだ。

――お義父さまにとって航希は自慢の息子。私はそう思いたい。

「ねえ、この勢いで、今度はお義母《かあ》さまに会いに行っちゃう？」

「えっ⁉」

航希が驚愕《きょうがく》の表情で私を見下ろす。

「ほら、この前私の実家に航希さん手作りのアップルパイを持っていったら大好評だったじゃない？　お母さんのレシピのやつ。今度はお義母さまのところに『僕の手作りで〜す！』って、あれを持っていけばいいじゃない。喜ぶかもよ？」

途端に彼が破顔する。

「ハハッ、美緒は本当に面白いことを言うな。まあ、そんなところが大好きなんだけど。美緒、愛してる」

言いながら頬に口づけられた。いきなりの甘い台詞《せりふ》と不意打ちのキス。私の全身が熱くなる。

「ちょ、ちょっと、私は真面目に言ったんですけど⁉」

「俺だって真面目に言ってるんだが？　美緒、愛してるって」

「そっ、それ！　絶対にふざけてるし！」

顔を赤くしてあたふたする私を航希が笑う。ひとしきり笑い声をあげてから、目を細めて空を見上げた。

「……そうだな、そのうちな」

遠くを見つめる彼の瞳には、私たちを待っているアメリカでの生活や、その先の両親との邂逅《かいこう》も映っているのかもしれない。

亘《わたり》家の三人それぞれが持つわだかまりや葛藤は、簡単にほどけるものではないだろう。航希がご両親に持つ複雑な気持ちは理解できるし、それを無理に捨てる必要もないと思う。

――けれど、いつか……。

もしも彼が望むのであれば、私がトンと彼の背中を押してあげたい。それができる自分でいたい。だから私は彼の隣にいられるように、これからも成長し続けるのだ。

『そのとき』は案外近いのかもしれないな……と思った。


マンションに戻って「さあ作業の続きを」とクーラーのスイッチをオンにしたところで、航希が「美緒、こっちに来て」と私をダイニングテーブルに呼んだ。

「隣に座って」

「ん？　はい」

何事かと首を傾《かし》げつつ、言われたとおり彼の隣に座る。目の前には白いコピー用紙とボールペン。そして水色の小箱が置かれている。

――えっ!?

航希が身体ごとこちらを向いて姿勢を正す。私も彼のほうを向いて両手を膝の上に置いた。

二人で膝を突き合わせて見つめ合う。

「美緒、俺たちは一年半前の冬に契約結婚を決めた。この場所で婚姻届にサインをして、同居した日に二人のルールを決めたんだ。それを今、ここで、もう一度やり直さないか？」

「やり直す？」

「ああ、契約の二年よりも早くなってしまったが……美緒、俺との結婚生活を継続するか否《いな》か、改めてここで君に決めてほしい」

――ああそうか、二年縛りの契約のことだ。

両想いになった今ではすっかり忘れていたけれど、航希の海外赴任前に契約続行か解消かを決めるという約束を最初にしていた。それがまだ生きていたんだ。

すっかり形骸化しているとはいえ、彼としてはここでケジメをつけておきたいということなのだろう。

――そんなのもちろん……。

「私は……」

「あっ、ちょっ、ちょっと待ってほしい！」

返事をしようとした途端、航希が私を遮った。

「悪い、往生際が悪いとは思うけれど、最後のプレゼンをさせてくれないか？」

「えっ、だってそんなの今さら……」

「それでも俺にとっては意味のあることなんだ。聞いてくれるか？」

——そうか、これはプロポーズのやり直しなんだ。

偽装結婚のためでもなく、家族や同僚を騙《だま》すためでもなく、仕事のためでもなく。

私たちが今ここに二人でいるのは、ただ単純に好きだから、お互い一緒にいたいから。

これはそのための約束をする儀式。今度こそ一生人生を共にすると誓う、私たちにとって最後の契約なんだ。

「……うん、わかった」

私がうなずくのを合図に航希が大きく息を吸い、それからゆっくりと口を開いた。

「美緒、俺たちはとんでもない出会い方をして、とんでもない形で結婚をした。たしかに俺は最低な男だったたと思う」

最初は私をただ単に利用しようとした。けれど一緒に住んでいるうちに、健気なところ、真面目なところ、一生懸命なところ、賢いところ、可愛いところ、努力家なところ、いろんな面を知って、どんどん好きになっていった……と話してくれた。

「海外に行けば慣れない土地で苦労をかけるかもしれない、寂しくなったりもするだろう。けれど俺が全力で守るから、どうか俺と一緒に生きることを選んでくれないか？」

そこまで言ってから彼は、「いや、違う」と首をゆっくり横に振る。

「ごめん、選んでくれないかとか、そんなの嘘《うそ》だ。俺は君がいないと生きていけないし、今さら手放すつもりなんて毛頭ないんだから」

航希はそう言って水色の小箱から指輪のケースを取り出して、私の目の前で開いてみせた。

そこには大きなダイヤの婚約指輪があった。

「もしここで美緒が、『やっぱり嫌だ』と言っても離してやれない。俺は美緒がいないと駄目《だめ》なんだ」

潤《うる》んだ瞳で見つめられ、胸の奥から熱いものが込み上げてきた。

私は両手で航希の顔を挟み、みずから唇を押し付ける。チュッと高い音を立てて離れると、至近距離から彼をじっと見つめた。

「あのね、こういうときは『愛してる』の一言だけでいいんだよ」

航希がパチパチと瞬《まばた》きしてから「ふはっ」と笑う。

「そうか、そうだったな……美緒……心から愛している」

「私もあなたを愛してる」

今度は長いキスをして。彼が私に婚約指輪をはめると、左手の薬指には二つの指輪が重なって。こうしてとうとう私たちの永久契約が交わされた。

「――それじゃあ、これからルール改正だな。まずはセックスだが、俺は毎日、できれば三回はシたい」

「最初に決めるのがそれ!?」

「重要なことだろう。以前は拒否されたからな」

「あのときは両片想い中だったから！　でも今はルールなんかなくても毎日シてるし」

「ハハッ、ヤってるな。でも、嫌じゃないだろう？」

「い、嫌じゃないですけど？」

さあ、これから二人のルールを決めていこう。

今度は一生一緒にいるために。

Fin

【番外編】小さなライバル　Side航希

俺と美緒《みお》が千代田《ちよだ》区の駐日英国大使公邸に招待されたのは、渡米間近の八月頭だった。いや、正確には招待されたのは美緒のほうで、俺は彼女のパートナーとしてお供しているだけなのだが。

今日はジェシカ・ロングヒル駐日英国大使のご子息、オリバーの七歳の誕生パーティーだ。

俺たちが案内の者に先導されて大広間に入っていくと、黒いスーツに蝶《ちょう》ネクタイ姿のオリバーが友達らしい同年代の子供たちに囲まれていた。彼は会場入りした俺たちに気づくと目をキラキラさせて駆け寄ってくる。

『ミオ、来てくれてありがとう！　お待ちしていました……あっ、ちょっと待って』

彼は壁際のテーブルから赤い薔薇《ばら》の花束を抱えてくると、美緒の眼前に恭《うやうや》しく差し出してくる。

『あなたは僕の女神《ミューズ》です。アメリカに行っても僕のことを忘れないで』

――はぁあ!?

美緒とオリバーがメールのやり取りをしていることは知っていた。もちろん母親のロングヒル大使のチェックが入ったうえだし、内容は日常の些細《ささい》なことだ。美緒も俺に隠すことなく見せてくれる。

しかしこれではまるで愛の告白じゃないか。しかも今日は自分の誕生日だろう？　どうして逆に花束をプレゼントしてるんだ！

などと心の中でモヤモヤしつつも大人の余裕で微笑《ほほえ》みを浮かべていたら、今度はオリバーがピアノ演奏をするという。

『ミオ、この演奏をあなたに捧げます』

キザな台詞《せりふ》を吐《は》いてから、黒光りするグランドピアノに向かっていく。

「わぁ、楽しみ！」

俺の隣の美緒は胸の前で両手の指を組んで感激しきりだ。おいおい、めちゃくちゃトキめいてるじゃないか！

椅子《いす》に腰掛ける小さな背中を見守りながら、『くそっ、失敗しろ』と心の中で呟《つぶや》いた。

――いやいや、今日の主役はオリバーだぞ。俺が悪かった、どうか成功してくれ。演奏を頑張れ！

子供相手にゲスいことを考えた自分を反省し、ピアノの音に耳を傾《かたむ》ける。

今日の選曲は『エリーゼのために』。初心者向けに左手を簡略化した演奏だが、それでも指が止まることなくノーミスで美しい音を響かせていた。

――むむっ、前回の『きらきら星』から一気にレベルアップしてるじゃないか。これは美緒に対して本気度を見せてきたな。

帰り際にはわざわざ玄関まで見送りにきて、『今度はイギリスにも来てくださいね』と美緒にハグをしていた。


マンションの玄関に入った途端、俺は美緒を抱きしめ首筋に吸い付いた。白い肌に赤紫の痕《あと》がつく。

「やっ、ん……いきなり、どうしたの？」

「どうしたって……ただの嫉妬だよ」

「嫉妬!?　もしかしてオリバー君のこと？　七歳児に!?」

七歳児だろうが三歳児だろうが男は男だ。美緒みたいな最高の女性は油断してたらあっという間にかっ攫《さら》われてしまう。

「大人げなくて悪かったな、美緒に熱い視線を向けるヤツはみんなライバルなんだよ」

言いながら美緒を抱き上げて寝室へと運ぶ。ベッドに投げるように彼女を横たえてから、スーツのジャケットを脱ぎ捨てた。ネクタイを外すのももどかしく、乱暴に引き抜きベッドサイドに放り投げる。すぐさま美緒に覆《おお》い被さった。

彼女の髪を掻《か》き上げ額にキスを落とす。ワンピースのファスナーを下ろして脱がせると、白いレースの下着が現れた。それらも剥《は》ぎ取るようにして美緒を全裸に剥《む》いていく。まろび出た胸に吸い付いて、彼女の柔肌を堪能する。

美緒が下半身をモジモジさせて、じれったそうに俺を見る。

「ねぇ、航希《こうき》……っ」

鼻にかかった甘ったるい声。美緒が誘ってくるときの合図だ。アソコが疼《うず》いて仕方がないのだろう。

「ふっ、アイツじゃ美緒をこんなふうに喜ばせることはできないからな。そろそろ子供じゃできないようなことをしようか」

右手で彼女の薄い繁みをかき分けた。秘部に触れると生温かい愛液が俺の指を濡《ぬ》らす。

「美緒のココも、いやらしい液も俺のものだ」

「あんっ、あっ……まだ、そんなことを……子供っぽいよ」

「ああ、なんとでも言ってくれ。俺は全方位にアンテナを張って、美緒にちょっかいをかけるヤツを全力で威嚇《いかく》してやる」

そう言いつつも若干不安になった俺は、チラリと美緒に視線を上げる。

「けれど君は、そんな俺でも……その、好き……でいてくれるんだろう？」

傲慢《ごうまん》で尊大だった俺を好きになったくれた女性だ。今さら捨てられるとは思わないが、嫉妬が過ぎると呆《あき》れられてしまうかもしれない。

けれども美緒は「ふふっ」と俺の頭を抱きしめる。

「そうだよ。ヤキモチを焼いても大人げなくても、航希のことが、大大大好き！」

愛妻の可愛《かわい》い言葉に俺の理性が吹き飛んだ。

「美緒っ！」

すぐさま彼女の股のあいだに移動して、蜜口に舌をねじ込んだ。蜜を啜《すす》るとジュルジュルと淫靡《いんび》な音が響き渡る。

「あ……っ、そんなに激しくしたら、すぐに……っ」

「イけばいい。そのあとで俺のを突っ込んでいっぱい啼《な》かせる」

さあ、ここからは大人の時間だ。

子供ができないイケナイコトを、俺が彼女の身体に叩《たた》き込む。

七歳児の成長は侮《あなど》れない。俺は美緒を永遠に独占すべく、彼女に俺の形をしっかり刻みつけることにした。

Fin

あとがき

こんにちは、田沢みんです。このたびは私の四冊目のルネッタ作品をお迎えいただきありがとうございました。

今回のテーマはズバリ『外交官』です！　編集さまに「何がいいですかね。希望はありますか？」と聞いたところ「制服もので。ドクターとか外交官とか」というお返事をいただき、「それでは外交官にチャレンジします！」と相成りました。

言ったはいいけど身近に外交官の方がいらっしゃらなかったので、関連本やインターネット情報を熟読して執筆に挑みました。それでもしっくりきていなかったのですが、たまたま霞ケ関の役人の方とお話しする機会があったので、独身役人の仕事の過酷さや苦労話を聞いてヒーロー像を固めていった感じです。編集さまからも「お仕事小説的にも楽しめる」と言っていただけたので、そのあたりもしっかり書けたのでは？　と自負しています。

本作のヒロイン美緒は自分を卑下しがちな一般のＯＬ。現実逃避先のニューヨークでヒーローの航希に出会い、前向きになっていきます。一方の航希も美緒と出会ったことで出世第一の傲慢男から徐々に変化していきます。普通であれば重なることのなかった二人の人生が一つの道になっていく過程をお楽しみいただければ幸いです。

装画は浅島ヨシユキ先生が担当してくださいました。ぴったり寄り添い腕を重ねているのがいい雰囲気ですよね。美男美女のバックハグ、大好きです。

こうしてイラストレーターさまや編集さま、デザイナーさまなどたくさんの皆さまのご協力をいただき新しい作品を生み出すことができました。本当にありがとうございます。そして応援してくださる読者の皆さまにも心からの感謝を捧げたいと思います。

よろしければ感想をいただけますと嬉しいです。そしてまた、次回作でもお目にかかれますように。

田沢みん拝

ルネッタブックス

これって契約婚でしたよね!?

クールな外交官に一途に溺愛されてます

2023年12月25日　第１刷発行 定価はカバーに表示してあります

著　者　田沢みん　©MIN TAZAWA 2023
発行人　鈴木幸辰
発行所　株式会社ハーパーコリンズ・ジャパン
東京都千代田区大手町 1-5-1
03-6269-2883（営業部）
0570-008091　（読者サービス係）
印刷・製本　中央精版印刷株式会社

Printed in Japan ©K.K.HarperCollins Japan 2023
ISBN978-4-596-53120-9